Jugendbildnis
Alain-Fournier

Briefe

Suhrkamp Verlag

Auswahl und Übersetzung besorgte Ernst Schoen

Die Briefe wurden ausgewählt aus den Bänden ›Jacques Rivière et Alain-Fournier, Correspondance 1905-1914‹ (2 Bände, Gallimard Paris), ›Lettres d'Alain-Fournier à sa Famille‹ (Emile-Paul Frères, Paris) und ›Lettres au petit B.‹ (ebendort).

Vierte Auflage 1994

Druck: Nomos Verlagsgesellschaft, Baden-Baden
Printed in Germany

Jugendbildnis Alain-Fournier

EINLEITUNG

von Ernst Schoen

Der Dichter, dessen Porträt aus einer Auswahl seiner Briefe erstehen soll, hat das Werk, mit dem sein Name verknüpft bleibt, den Roman ›Le Grand Meaulnes‹, im Jahre 1912 vollendet. Keine zwei Jahre danach fiel der Achtundzwanzigjährige zu Beginn des ersten Weltkriegs. Mehr als zwei Jahrzehnte sind vergangen, seit der Roman in deutscher Sprache erschien, nicht viel weniger Zeit seit der Herausgabe von Alain-Fourniers Briefwechsel mit seinem Freund und Schwager Jacques Rivière und der Briefe an seine Familie und an einen anderen Freund, René Bichet. In der Zwischenzeit sind zahlreiche Bücher über den Dichter des ›Grand Meaulnes‹ geschrieben worden, der Roman ist in das Pantheon ›klassischer‹ Dichtung eingegangen, so wie der Name des Verfassers in das Gebäude des Pantheon. Aber der Versuch eines Briefporträts für deutsche Leser kommt nicht zu spät.

Das feurige Kriegsabenteuer, in das der Leutnant Fournier hinausritt, um im Todesrausch die Vollendung der Lebenssehnsucht zu suchen, ist längst zu einem abgestandenen kalten Kriege geworden, der eine neue Jugend bis in alle Poren als Schlamm des Zynismus umgibt und weder leben noch sterben läßt. Das Werk des Dichters aber spendet Mut, indem es beispielhaft die Unbedingtheit der Welt des Kindes in die Relativität der Welt der Erwachsenen hinüberrettet. Für die Erfüllung dieser dichterischen Aufgabe bietet Alain-Fourniers Roman ein schönes Beispiel. Und die Briefe sind eines der seltenen Dokumente des dichterischen Schaffensprozesses; sie enthalten, großenteils wörtlich, das Material für seinen

Roman. Als lebender Organismus stehen sie an Stelle des sterilen Versuchs irgendeines Beckmessers, uns ›einen Blick in die Werkstatt des Dichters‹ tun zu lassen.

Repräsentativ ist schon, daß dem Leben dieses Dichters der Ablauf Jugend – Reife – Alter fehlte, der doch Menschenlos sein sollte. So repräsentativ, daß es beschämt, daran zu erinnern, wie zu seiner Zeit die Jugend noch gern im Kampfe fiel oder sich vor dem Mord in den Selbstmord flüchtete, während sie heute oft schon mit verkümmerter Zeugungsfähigkeit zur Welt kommen muß.

Das Leben Alain-Fourniers, der sich mit letzter Anstrengung kurz vor dem frühen Tode die Reife erzwang, lief nach den entscheidenden Kindheitsjahren in zwei mutwillig auseinanderstrebenden Gleisen. Vom zwölften bis zum einundzwanzigsten Lebensjahr steckte er in der erniedrigenden Uniform eines Gymnasiasten, ohne doch zuletzt ›das Ziel der Klasse zu erreichen‹. Dazwischen, als Achtzehnjähriger, ein paar Sommermonate Kontorist in London. Die verfehlten Examen wurden sofort mit zweijähriger Dienstzeit in der ›richtigen‹ Uniform bestraft. Mit zweiundzwanzig Jahren bestand er die einzige angemessene Prüfung des Zeitalters der Kriege, das sein Tod einleitete, die Aufnahmeprüfung zur Reserveoffiziersschule. Das große Armeemanöver, mit dem die Dienstzeit ein Jahr später endete, führte zu alljährlichen Reserveübungen für den Rest eines Lebens, das, als habe alles einzig darauf hingezielt, gerade noch in den Krieg einmünden durfte, ehe es vorüber war.

Diesem äußeren Lebensablauf steht ein bestürzend ruckartiger Übergang aus der Kindheit in eine Jugend von so allseitig ausgeschöpfter Vollkommenheit gegenüber, wie sie allgemein nur in der Tradition des physischen und geistigen Klimas Frankreichs möglich und be-

kannt ist. Die Zeit, die über das Leben des Menschen entscheidet, die Kindheit, war für Alain-Fournier nichts weniger als der affektierte und widernatürliche Umgang mit Feen eines Peter Pan, der sich weigert, jemals erwachsen zu werden. Sie war weiter nichts als das glückhafte Zusammentreffen von Phantasie und Liebe, das der gute Gärtner seiner Erinnerung und dem Dichter ablauscht, um süße Früchte zu erzeugen. Freilich bedeutet Kindheit noch die Eintracht zwischen Leben und Tod, freilich ist sie noch zeitlos, freilich ist das Kind in dieser Zeitlosigkeit ganz allein. Diese Zeitlosigkeit sucht der Dichter immer wieder in die Gemeinsamkeit der schnell verfließenden Zeit der Erwachsenen hinüberzuretten, an sie klammerte sich Alain-Fournier und blieb darum einsam. Aber nichts steht der Überzeugung im Wege, daß er, wäre ihm eine längere Lebensspanne vergönnt gewesen, gerade durch sein Werk den Weg zur Gemeinschaft gefunden hätte, so wie der Jüngling Meaulnes noch auf den letzten Seiten des Romans als Vater eines Kindes zum Manne wird.

Der sprunghafte Übergang des französischen Dichters Alain-Fournier aus der Kindheit zur Jugend, von dem gesprochen wurde, vollzog sich in kurzen Etappen geistiger Bildung und Emànzipation. Auf seinem Wege begegnete er Einflüssen, die er abstreifte wie die Schlange die Haut, bis er wirklich allein stand; als stärkste solcher Einflüsse seien Jules Laforgue, Francis Jammes, Thomas Hardy, Paul Claudel, Arthur Rimbaud, André Gide genannt. Aber schon der neunzehnjährige Seminarist schreibt in einem Brief:

›(Claudel) hat mich auch in der Überzeugung bestärkt, die ich (wie Jules Vallès) schon immer hatte, daß ich nicht ich selber sein werde, solange ich noch einen

Büchersatz im Kopf habe; oder, genauer gesagt, daß all dies – klassische oder moderne Literatur – nichts mit dem zu tun hat, was ich bin und gewesen bin. Vielleicht wird es langer und angestrengter Bemühungen bedürfen, um ganz tief, unter den literarischen und philosophischen Schleiern, mit denen ich sie bedeckt habe, meine eignen Gedanken wiederzufinden und mich dann auf den Knien über sie zu beugen und sie Wort für Wort niederzuschreiben.‹

Gegenstand des Romans sind die jugendliche Liebe und der Sündenfall der Mannbarkeit. Beide Erlebnisse haben auch Alain-Fourniers Leben gezeichnet und werden vor den Adressaten der Briefe mit dichterischer Schamlosigkeit ausgebreitet. Als Neunzehnjähriger traf er, in seiner Schuluniform, die junge Frau, die er zu seiner ›himmlischen Braut‹ erkor, nachdem er ein paar Dutzend Worte mit ihr gewechselt hatte. Acht Jahre später, ein Jahr vor seinem Tode, begegnete er ihrer Schwester, um zu erfahren, daß die nie vergessene Geliebte glückliche Mutter zweier Kinder war. In der Zwischenzeit hatte er auch andere Frauen kennen gelernt, ohne jemals an diesen Beziehungen der Sinne Genüge zu finden. Begleitet waren diese Jahre von einem erschütternden Kampf um den christlichen Glauben, der so unentschieden blieb wie Alain-Fourniers Leben überhaupt. Auch diese Doppelgestalt des erotischen Schicksals – die qualvolle Treue zur fernen Geliebten und die ebenso qualvolle Selbstgeißelung im Liebesabenteuer, beide auf dem Hintergrund des Ringens um den Glauben – ist nur aus der Welt romanischer Lebensauffassung zu verstehen. Sie ist nur zu verstehen, wenn man sich erinnert, daß dem romanischen Menschen das ›faustische Ringen um Erkenntnis‹ finster, nordisch und etwas lächerlich erscheint. Sein Mythos ist der Marienkult, seine Idealgestalten sind eher Don Juan als Faust, ferner Lanzelot und Tristan, die Helden der Artusschen Tafelrunde, und zuletzt auch, in großartiger Selbstironie, Don Quichotte, der Ritter von der traurigen Gestalt. Die Figur des Don Juan, wie der französische Romanist Joseph Bédier sie sieht – nämlich als den ewigen Sucher nach dem weiblichen Ideal – trägt ganz besonders zum Verständnis Alain-Fourniers und seiner dichterischen Konzeption bei. Alain-Fournier war liebenswürdig, sinnenfroh, grausam und einsam. Er suchte die Gnade auf dem paulinischen Wege, auf dem Wege über die Sünde. Und wenn er selbst den Helden seines Romans in einem Brief einen ›grausamen Engel‹ nennt, so, weil er aus der eignen Erfahrung diese paulinische Entwicklung – den Sündenfall, den Gedanken an Luzifer, den gefallenen Engel – in ihn hineinlegte.

Aber diese ganze, hier nur teilweise berührte, Thematik wird zusammengehalten von Alain-Fourniers spezifischem Stil. Es ist wiederum ein typisch französischer Stil, der Stil des besten französischen Impressionismus, gipfelnd in Cézanne, der Stil einer Schilderungsweise, die wirklicher ist als die Wirklichkeit, einer Beschwörung des Sinns durch das Bild. Auch das Material zu dieser Schilderungsweise findet sich wie ein lebendiger Blumenteppich über alle Briefe des Dichters ausgestreut, der, wie er selbst bekannte, nach langen schweren Mühen den Stil für seinen Roman fand, als er ihn ›so wie seine Briefe‹ zu schreiben lernte.

Fassen wir zusammen. Alain-Fourniers Briefe sagen aus, was sein Roman uns deutet: das Paradox der Rettung der einsamen Kindheit in die gemeinsame Reife, möglich nur in der Kunst. Zu seinen Lieblingswörtern gehörten ›désir‹, ›instant‹, ›s'enfoncer‹ und ›pays‹, der letzte Begriff im französischen Sinn der engsten Kinderheimat verstanden. Und so kann man sagen, es ist seine dichterische Leistung, daß er es vermocht hat, sein – und unser – Begehren zu erfüllen, sich für die Länge eines Augenblicks in das Erlebnis der Kinderheimat zu versenken. Diese Leistung, die Erschaffung einer neuen Melusine, erinnert an die chinesische Legende von dem Studenten, in dessen Kammer das Bild eines Häuschens hing, von dem ein Weg nach vorn zum Bildrand führte. Jahrelang betrachtete er, von seiner Arbeit aufblickend, sehnsüchtig dieses Bild, bis sich eines Nachts die Haustür öffnete; eine junge Frau trat aus dem Bild heraus und gesellte sich ihm bei, um wieder zurückzukehren und die Türe hinter sich zu verschließen. Immer häufiger wurden ihre Besuche, bis sie ihn schließlich mit sich nahm, und nur das Bild blieb noch und das leere Zimmer. – Aber auch ein chinesisches Sprichwort hat Gültigkeit für das Werk dieses Dichters: Ein Mann soll hundert Jahre alt werden und nie das nächste Dorf erblickt haben.

DER SCHÜLER
1905–1907

Henri-Alban Fournier (genannt Alain-Fournier) wurde als Sohn eines Lehrerehepaares am 3. Oktober 1886 in La Chapelle d'Angillon geboren. Als er fünf Jahre alt war, übersiedelte die Familie nach Epineuil le Fleuriel. Seine Kindheit bis zu seinem zwölften Jahr verbrachte er in dieser Landschaft südlich des Loire-Bogens und nördlich der Stadt Bourges. Mit zwölf Jahren kam er als Schüler in das Lycée Voltaire zu Paris. Seine Schulzeit von da ab verlief unter mehreren Wechseln. Fünfzehnjährig trat er im Herbst 1901 in die Ecole Navale (Seekadettenschule) in Brest ein, die er aber schon Ende 1902 wieder verließ. Von Oktober 1903 an bis 1907, also von seinem 17. bis in sein 21. Jahr, machte er zwei mißglückte Versuche, die Aufnahmeprüfung für das höhere Lehramt, die Ecole Normale Supérieure, zu bestehen. Von 1903 bis 1906 am Lycée Lakanal in Sceaux bei Paris und 1906/07 am Lycée Louis le Grand in Paris. Während dieser Jahre verbrachte er seine Ferien meist in seinem Geburtsort La Chapelle d'Angillon.

Am Lycée Lakanal traf Alain-Fournier 1903 mit Jacques Rivière und René Bichet zusammen und befreundete sich mit ihnen. René Bichet ist schon 1912 gestorben; er war zuletzt französischer Lektor an der Universität in Budapest. Jacques Rivière verließ 1905 Lakanal und übersiedelte nach Bordeaux. Von da ab beginnt der intensive Briefwechsel zwischen den beiden Freunden; die meisten Stücke unseres ›Briefporträts‹ sind aus diesem entnommen. Rivière wurde Schriftsteller. Er heiratete 1909 Fourniers Schwester Isabelle.

Schon vor dem ersten Weltkrieg trat er in die Redaktion der von André Gide begründeten Zeitschrift ›La Nouvelle Revue Française‹ ein und war zuletzt, bis zu seinem Tode, Direktor derselben. Er ist bei uns bekannt geworden durch seinen ›Briefwechsel mit Claudel, 1907 bis 1914‹. Außerdem erschien in deutscher Sprache sein Essayband ›Etudes‹.

Am 1. Juni 1905, am Himmelfahrtstag, hatte Alain-Fournier eine Begegnung, die in seinem ferneren Leben bis zu seinem Tode das entscheidende Ereignis blieb: er traf auf dem Cours-la-Reine die junge Frau, die in seinem Roman ›Le Grand Meaulnes‹ Yvonne de Galais genannt ist. Er hat sie nach dieser Begegnung nur noch einmal gesehen. Durch unser Briefporträt zieht sich als heimlicher Roman die Kette der alljährlichen Erinnerungstage an die Begegnung mit der Unbekannten.

An die Eltern Lakanal, 20. März 1905

Meine lieben Eltern,

für Euern Brief und seinen Inhalt – zunächst einmal – Dank, Dank in allen Sprachen, die ich parliere: fünfmal Dank! . . .

. . . Die breite Jalousie des breiten Fensters, das auf die endlose und entmutigende Vorstadtlandschaft hinausblickt – diese breite Jalousie schlägt hin und her: von Zeit zu Zeit fällt auf eine Ecke meines Briefbogens und auf mein Auge ein heller und beinahe heiterer Sonnenstrahl.

Ich freue mich, weil ich mir sage, morgen ist ›Frühlingsanfang‹, morgen am 1. Germinal, und am Ende des Germinal werde ich mit vier kleinen und großen

Personen zusammen sein, die ich liebe, und die mich lieben.

Und dennoch ist mir ein wenig weh zumute, weil diese Sonne rings um mich her nichts erhellt als den Staub, den ein häßlicher und schmutziger Junge aufgewirbelt hat – und die – immer gleichen – staubigen Bücher des ›Pensums‹.

Weil unsere große glückliche Sonne nur den engen, kahlen und grauen Hof erhellt, auf dem Eure Bürschlein umherlärmen – Eure Bürschlein, die nicht die Brüder oder Kinder jener sind, die an jenem anderen Ort bis vier Uhr dablieben, um mit mir zu spielen –, weil diese Sonne für Euch nur auf einen nicht sehr großen Garten scheint, in den fast jeder Zutritt hat, wo Mama mit ihrem Sonnenschirm und Papa mit seinem Spaten nicht so lange bleiben können, wie sie möchten, nicht so lange wie in unsern Erdbeeralleen von ehemals, neben dem weiten, stillen und schweigenden Feld des alten Martin, bei dem Bach, der sich in einem Reich des Schattens, des Gezweigs und des Geheimnisses in das Feld ergoß, – weil diese Sonne nirgendwo Dinge froh aufleuchten läßt, die ich liebe und die so recht mein eigen sind – so sehr mein eigen, daß sie fast ich selber sind – wie die Hagedornhecken des Gartens, die voller Nesseln, Minze, Kerbel, voller wohlriechender Kräuter waren; wie der jungfräuliche Weinstock an der Remise; wie das hölzerne Pförtlein mit dem knarrenden Riegel, das man öffnete, um drei im Stroh verborgene Eier zu entdecken.

Wißt Ihr wohl, all dies tragt Ihr sicherlich nicht im Herzen, weil Ihr es gar nicht gesehen habt, weil Ihr schon lebtet und kämpftet – wir hingegen ›kamen zur Welt‹ in alledem, und unser ganzes Herz, all unser

Glück, alles, was wir an Süßem oder Schmerzlichem empfinden: zu fühlen, zu erkennen lernten wir es auf dem Hof, wo wir jeden Donnerstag in sanfter Trauer nur den Hahnenschrei vom Dorfe hörten – und in dem Zimmer, wo die Sonne durch das Dachfenster auf meinen beiden Madonnenbildern und auf dem roten Kopfkissen spielte – und im Klassenraum, in den am Nachmittag, wenn Papa die ›Schularbeit‹ überwachte, zugleich mit den Zweigen der Apfelbäume die volle sanfte und warme Fünfuhrsonne, der volle kräftige Geruch der umgegrabenen Erde eindrangen.

Seht Ihr, für mich bedeutet all dies die ganze Welt – und mir scheint, daß es mein ganzes Herz ausmacht. So wie Spencer unsre Vernunft als ›ein Produkt‹ des Winkels in Raum und Zeit bezeichnet, in dem die gegenwärtige Menschheit ihren Ursprung genommen hat.

Ich möchte Euch Bücher über Bücher schreiben von alledem, was man gesehen und gefühlt hat in diesem Erdenwinkelchen, wo für uns die Welt stillgestanden ist – und auch von dem Winkel in meinem Herzen, wo ich sie gerne immer noch festhalte.

Ihr werdet mir verzeihen, daß ich Euch so lange davon vorerzählt habe – weil Ihr wißt, daß ich's aufrichtig meine,

weil ich versuchen will, all dies zu vergessen über der Freude im Gedanken ›an das Ende des Germinal‹,

weil ich sowohl die Alleen wie die Mauern und den Himmel vergessen werde, wenn ich bei ›dem Papa‹, ›der Mama‹, der ›Omama‹ und dem ›Kleinchen‹ bin, ›die ich liebe und die mich lieben‹.

Ich habe mir auch darum herausgenommen, Euch heute von alledem zu sprechen, weil ich Euch nur wenig von dem zu berichten hatte, was man ›hergebrachtermaßen‹ (eine hübsche Wendung aus dem 17. Jahrhundert) die praktischen Dinge des Lebens zu nennen pflegt.

Ich erwartete heute einen Brief von der kleinen Isabelle, ich wurde enttäuscht.

Ich umarme Euch alle von ganzem Herzen, diejenigen, die gerade vom Unterricht kommen – denn mein Brief dürfte um sechs Uhr eintreffen – und diejenigen, welche die Strümpfe stopfen.

Buenas tardes. (›Guten Abend‹ – klingt sehr hübsch, nicht wahr?)

Die Ferien von Juli bis September 1905 verbrachte Alain-Fournier in London. Er arbeitete währenddessen als Korrespondent bei einer Londoner Firma.

An Rivière — London, 13. August 1905

... So erscheint mir La Chapelle d'Angillon, wo ich seit achtzehn Jahren meine Ferien verbringe, als das Land meiner Träume, das Land, aus dem ich verbannt bin, – aber ich sehe das Haus meiner Großeltern vor mir, wie es zur Zeit meines Großvaters war: der Geruch eines Wandschranks, das Knarren einer Türe, die kleine Mauer mit ihren Blumentöpfen, die Bauernstimmen, dieses ganze so sehr besondere Leben, das man nur in seitenlanger Beschreibung ein wenig zurückrufen könnte. Und ich muß sogar gestehen – wofür meine hiesigen Entbehrungen angesichts des Schinkens und der Marmeladen der Engländer als Entschuldigung dienen mögen –, leise, ganz leise denke ich auch an den Duft des Brotes, das man zur Mittagsstunde hereinbrachte, an den Geruch des Landkäses um vier Uhr, an die eingemachten Kirschen meiner Großmutter, an all die gesunden Gerüche der Wandschränke, der Schubladen und des Gartens.

Eine andere Landschaft, die auch in meinen Träumen lebt und in der ich seit achtzehn Jahren regelmäßig vierzehn Tage zur Jagdzeit verbringe, ist die Gegend von Nançay. Auch jetzt wieder habe ich nur den einen Wunsch, meine letzten acht Ferientage in Nançay sein zu können. Das, und dort begraben zu sein. Bisher hatte ich nur das stumme Glück gekannt, dort zu leben. Und jetzt steigt – ohne alle Übertreibung – die ganze ungeheure Poesie meines Lebens, meines Lebens in jener Landschaft, in mir empor.

Es ist die Heimat meines Vaters. Von jedem Feld her wird er mit ›Guste‹ und ›du‹ angeredet. (Er heißt Auguste.) Es ist die Heimat meiner Kusinen, meiner Onkel und Tanten. Man kommt dorthin nach einer Fahrt von fünf Meilen über abgelegene Wege, in altmodischen Vehikeln. Es ist ein Stück Landschaft tief in der Sologne; die Wege sind ausgetrocknet; ringsum überall vergilbte Fichtennadeln, das flache Land bedeckt von Fichtenwäldern, Pferdefliegen schwirren in der Luft und Wild läuft über den Weg. Immer passiert irgend etwas, der Wagen hat eine Panne, ein Unwetter überfällt uns, oder das Pferd bleibt in der Furt stecken, aus der es trinken sollte. Und dazu an jeder Waldecke Horizonte, die über Wald und Straße hinansteigen, Horizonte, wie man sie vielleicht nicht einmal am Meer erlebt, nicht einmal in Toulon.

Soweit die Heimfahrt.

Und in dieser weltabgelegenen Gegend unterhält der Onkel Florent, der uns empfängt, groteskerweise ein gewaltiges Warenlager jeder Art, mit Abteilungen wie in einer Stadt, ein Lager, das die Leute im Umkreis von zehn Meilen versorgt. Die Schlösser, deren es eine Unmenge in der Sologne gibt, hätten ihn schon lange reich machen können; aber daran liegt ihm nichts, er zieht es vor, zehn Kinder zu haben, darunter nur einen Sohn, Robert, in meinem Alter.

Man wird in einer Fichtenlichtung vor dem Hause R. F., am Ende einer Straße, empfangen, mit einer Herzlichkeit, die ich immer als aufrichtig empfunden habe; an Türen und Fenstern: der Onkel mit seinem gewaltigen Schnauzbart, die Tante mit ihrem Häubchen, das sie nie gegen einen Hut eintauschen wollte, mit ihrem Zartgefühl einer überaus intelligenten Landfrau (ich übertreibe kein bißchen), und ihre neun Töchter (ich übertreibe kein bißchen).

Ich muß darauf verzichten, Dir das Leben in diesem riesigen Kaufhaus zu schildern. Mir erschien es immer als eine Welt, wie im ›David Copperfield‹. Was da alles vorüberzieht, sich aufhält, handelt, all die Wagen am Eingang, von denen der Regen tropft, während der Handel abgeschlossen wird, all die Wagen, die in der Sonne auf den Straßen von Souèmes herbeigerollt sind; die Kaffeedüfte in der Materialwarenabteilung, die Gerüche des Hutladens, des Schuhladens, der Ölfässer, der Regenschirmabteilung, all der endlosen Abteilungen, durch die ich hindurchwandere, an der Hand meine kleinen Kusinen mit ihrer ulkigen Sprechweise.

Gegenüber, ganz nahe, ein Glockenturm; er schien mir immer fröhlich die Stunden zu verkünden, die mir schnell vergingen, mit einem Glockenspiel, das sicher weit und lange in die Ferne hinausklang.

Hinten, weit hinter dem Warenlager die Wohnräume

und die Küche. Die Hauptmahlzeit nimmt man, wie bei den Bauern, in der riesigen Küche ein. Dort herrscht den ganzen Tag lang ein ständig wechselndes Leben, Jagd und Familie, alles durcheinander, Kinder und Hunde tummeln sich dort herum. Florents Bruder Philippe, auch so ein Schnauzbart, hat den Patronengürtel umgeschnallt und die Büchse zwischen den Beinen, während er schwätzt oder ißt, gleichzeitig traktiert er die Hunde mit Fußtritten. Dazu die anderen Jäger, und zwischen ihnen allen herrscht eine Herzlichkeit, die wärmer ist als irgendwo sonst auf der Welt. Das kommt vor allem in den Eßsachen zum Ausdruck, mit denen man vollgestopft wird; man ißt unaufhörlich, immerfort gilt es, eine Tasse Kaffee zu trinken, oder eine Kaninchenkeule erwartet einen. ›Lang' nur tüchtig zu, damit du gut auf den Beinen bist, wenn's auf die Jagd geht.‹ ›Robert, gib deinem Cousin doch was zu trinken.‹ ›Henri, mein Jungchen, muß ich erst Marie-Rose herbeiholen, damit du dich entschließt, noch ein Stück zu nehmen . . .‹

Und dann die Jagdpartien unter den Fichten; ganze Tage verbringt man auf der Heide, ununterbrochen hört man die Flinten, überall riecht es nach Pulver, irgendwo nimmt man das Frühstück ein, bei den Kastellanen dieser Schlösser der Sologne, die fast alle, mitten in dieser Urlandschaft, Wunder an Geschmack, Eleganz und Poesie sind.

Müde kommt man nach Hause. Man durchwandert das Warenlager, wo jetzt vor dem Abendessen, im hellen Schein der Petroleumlampen (wegen der früh einsetzenden Septemberdunkelheit), das Geschäft in vollem Gange ist. Man läßt sich halb bewußtlos vor Müdigkeit in der Küche auf einen Stuhl fallen. Dort wartet man auf das Abendessen, bei dem es eine Menge Kindergelächter geben wird, sogar Mama wird mit den anderen in ein tolles Lachen einstimmen; allein unsere beiden Familien füllen schon die Plätze um mehrere Tische aus. Das Abendessen – vielleicht wird es mitten in der Nacht durch die Ankunft der Wagen meines Onkels unterbrochen werden, andere Onkel und Tanten, die man von weit abgelegenen Bahnhöfen abgeholt hat, werden im Laternenschein aussteigen, man wird sie umarmen, ohne sie überhaupt recht zu kennen, während die Pferde in die Stallungen geführt werden, in denen man das Heu nachfüllt und die vom Dampf angefüllt werden, den das Fell der Pferde ausströmt.

Man wartet auf das Abendessen in der Küche, in der nur düster einige Kerzen schimmern und in der die Gerichte vorbereitet werden. Man schläft ein; um dich zu unterhalten, werden dir alte verrauchte Familienbilder von den Wänden heruntergeholt. Schülergruppen. Mein Vater als Fünfjähriger mit dem Lehrer Monsieur Jauvy, der ihn damals verprügelte und heute tief die Mütze vor ihm zieht. All die kleinen Jungen jener Schule von Anno dazumal sind auf diesen Bildern, dieselben, die meinen Vater heute als ›Guste‹ anreden.

Ja, so ist es, und jetzt bin ich zufrieden. Ich glaube, das Kapitel habe ich ausgeschöpft.

Entschuldige, alter Freund, daß ich zwei lange Seiten hindurch Literatur davon gemacht habe. Es ist stärker als ich.

Vor zwei Jahren habe ich J. für seine vierzehn Tage Jahresferien nach Nançay mitgenommen. Für mich war es alles genau so wie während der vergangenen achtzehn Jahre, nichts hatte sich verkleinert, mit Ausnahme vielleicht meines Cousins, der jetzt Lehrer ist. Schon auf dem Wege geriet ich wieder in dasselbe Entzücken wie als Kind. J. machte mich ganz verrückt mit seinen Fragen nach der Art meiner Lenkstange, mit seinem Gerede darüber, daß ein Peugeot eine bessere Fahrradmarke ist als ein Clément. Er hat die Welt des Onkel Florent nicht verstanden, und erst jetzt letzterzeit sprach er doch wieder von Nançay, und ich merkte, daß dies ganze schöne liebliche Leben ihm trotz allem zu Herzen gegangen ist.

An Rivière La Chapelle d'Angillon, 23. Sept. 1905

Mein lieber Jacques,

Ich habe zwar eine Erkältung, die auf dem Wege über die Nase von der Kehle bis zum Gehirn reicht; aber dennoch will ich Dir diesen prachtvollen Vormittag meiner kurzen Ferien opfern, um Dir eine Menge zu berichten.

England

Ich habe es vorigen Sonnabend um zehn Uhr abends verlassen.

In einer letzten Unterhaltung mit Mr. N. habe ich ihm ein wenig zu verstehen gegeben, daß ich ihn als eine Art von Ideal betrachte. Er hat mir mit überlegten, ernsten, aufrichtigen Komplimenten geantwortet. Wir verließen einander als Freunde, gerührt. Im letzten Augenblick ein gegenseitiger Gruß mit dem Hut, als der Zug sich schon in Bewegung setzte, ein gerührter, beinahe ehrerbietiger Gruß. Mr. N. war für mich von Anfang an ein bißchen symbolisch für England.

Und nach ihm ließ ich – trotz der Heimkehrfreude gerührt – die breiten Brücken hinter mir zurück, die, wie Verhaeren sagt, ›ruckweise über die Themse setzen‹, das Dächermeer mit seinen kleinen erleuchteten Fenstern, über die man mit gewaltigem Eisengepolter dahinfliegt, diese Riesenstadt, die am Sonnabend abend eilig voller Heiterkeit aufleuchtet, um sich den ganzen folgenden Tag lang zu sammeln, zu verdunkeln und zu schweigen; ich hinterließ all die Erscheinungen, die sich mir an einem klaren und grünen und frischen Julimorgen im Sonnenlicht erschlossen hatten, an einem Morgen, da die Ankunft auf dieser Insel mir wie die Ankunft auf einem anderen Planeten vorkam; all diese Erscheinungen, die nun der September, der Winter in Nebel hüllt, lasse ich mit überaus zärtlichem Herzen hinter mir zurück.

Du mußt wissen, mein Gehalt wurde vor einiger Zeit noch weiter erhöht, ich verdiente 60 Franken pro Monat; meine französischen Geschäftsbriefe wird man kopieren, um sie als Vorbild zu benutzen. Ich hinterlasse, wie es heißt, eine ausgezeichnete Erinnerung bei diesen Maschinenmenschen, obgleich ich ihnen immer eine maschinenhafte Kälte entgegengebracht habe. Ich freue mich gezeigt zu haben, daß ich, wenn ich wollte, mehr als ehrenhaft mit einer dieser Aufgaben des gewöhnlichen, täglichen, geschäftlichen Lebens fertig werden könnte.

Ich habe meine Engländerin getroffen, die ein anderer als ich vielleicht hübsch finden würde. Physisch ganz anders, als ich mir vorgestellt hatte. Reizend im Punkte Moral und hierin ganz, wie ich es mir vorgestellt hatte. Es muß entzückende Mädchen in England geben, nur immer gleich zu kameradschaftlich. Diese ließ mich eine Stunde in einer menschenleeren Ecke des Hydeparks mit ihr verbringen, Stuhl an Stuhl, unter einer Eiche. Vor uns ein weiter Rasenplatz mit vereinzelten

Eichen, wie eine Ebene im Berry, weit hinaus bis zum Horizont. Dazu vereinzelte Rehböcke, und wir waren mitten in London und neben mir ein junges Mädchen. Ich glaubte im Land der Umwertung aller Werte zu leben.

Sie muß sich gewundert haben, daß ich so kühl und zurückhaltend war, so anders, als sie es sich vorgestellt haben muß, so anders, als man sich hier alle Franzosen vorstellt.

Ich habe aus England, neben tausend anderen Dingen, die Vorstellung mitgebracht, daß die Franzosen verachtenswert sind, kleine Männchen mit Ziegenbart und Schnurrbart, die weder ihre Zunge noch ihre Angelegenheiten zu beherrschen wissen.

In Paris habe ich mich nur eine Stunde aufgehalten. Ich habe, frei von allen Gedanken, meinen Koffer in einem offenen Wagen vom Saint-Lazare-Bahnhof zum Quai d'Orsay spediert. Dort angelangt . . . brachten mich die Seine, die Quais, die Brücken auf reizvolle Gedanken...

Es war neun Uhr morgens, aber mein Kutscher war betrunken; zwanzigmal hat er mir beinahe zu einem Schädelbruch verholfen, und obwohl wir es eilig hatten, verfehlte er keine Verkehrsstockung, keinen übervölkerten Straßenmarkt, keine Sackgasse. Es war der Sonntagmorgen. Alle Menschen waren fröhlich. Alle Menschen beschimpften ihn mit Laune! Alle Menschen warfen mir die witzigsten Bemerkungen zu! Ich lachte Tränen über diesen Pariser Empfang.

Frankreich habe ich gegen drei Uhr nachmittags in Bourges wiedergefunden. Ich hatte zwei Stunden Aufenthalt. Ich aß Kuchen in der Konditorei in der Bahnhofsstraße, neben einem Ladenschild ›Lavex, Chaussures en tous genres«. Es war ein stiller Sonntagnachmittag im September, im prallen Sonnenlicht, warm wie der Sommer, sanft wie der Frühling. Ich bog dann rechts in einen menschenverlassenen Boulevard ein, an dessen einer Seite sämtliche Gärten von Bourges liegen. Alles war grün, lauter von Zweigen und Früchten überbehangene Alleen. Die Bänke waren eingestaubt. Die Stadt stieg zum Gebäude des Gymnasiums und zur Kathedrale empor. Vor dem Musikstand hatte ich mit meinen Flammen geflirtet, als ich noch als Pennäler dieses Pflaster trat. Jetzt spazierten sie einher, die eine mit einem weißen Sonnenschirm, die andere mit blauen Augen ... Aber wo? ... Ein Mann, zwei Männer kamen vorbei mit einem Korb mit Pfirsichen.

Das Herz war mir zu übervoll, um nicht Poesie in alledem zu finden. Zerreiße dies also.

Hier zu Hause habe ich vor lauter Entwöhnung alles noch vertrauter, noch ländlicher gefunden. Die Wege sind von Hecken, von Wiesen umgeben mit grünen Farbtönen, die mir jetzt auffallen, und aus den Talsenken lugen in Höhe der Straße ganz nahe die Dächer der Hütten hervor. All dies ist ganz nah und führt weit in die Ferne. Endlose kleine Pfade. Endlose Wanderung zwischen zwei Hecken.

Wenn ich mir selber schriebe, dann würde ich hierbei verweilen, oder ich würde nur vom Schulbeginn und vom Büffeln sprechen.

Tatsächlich habe ich mich entschlossen, mich völlig in die Erde und den Himmel aufzulösen – und zu essen während dieser vierzehn Tage (nur noch acht), meine Kinnbacken und meine motorischen Muskeln in Bewegung zu setzen und dann wie ein guter Schüler zum Büffeln zurückzukehren.

An die Eltern Lakanal, 30. November 1905

... Ich beginne, auch das Internat zu lieben, ich meine, die Mauern, die Gitter, den Park, die Allee, die vom Bahnhof zum Internat führt, und auf der man Sonntag abends gegen sechs Uhr hinter den Villenfenstern, die keine Läden haben, die Familien um die Lampe versammelt sieht.

Es ist mir gelungen, meine Arbeit für die vorige Woche fertig zu bringen, wie, weiß ich nicht. Ich beendete einen Aufsatz und stürzte mich sogleich auf den nächsten. Die Woche schloß mit einem Vortrag, den ich zu halten versäumt habe, der übrigens nur eine halbe Stunde dauerte und nicht sehr wichtig war, ein Vortrag ›Über das Theater‹ (Rousseaus Brief an D'Alembert, Vorworte von Corneille, Racine usw. bis hin zum jüngeren Dumas). Trotz meiner Müdigkeit beging ich den Fehler, meinen Studienkameraden im Park diesen – übrigens sehr gelungenen – Vortrag nachträglich halten zu wollen. Als es wirklich dazu kam, wurde ich von unüberwindlichen Momenten der Abwesenheit, der Verwirrung überfallen. Nichts Ernstes, aber ich hätte es so viel besser machen können!

Von Jacques Rivière Bordeaux, 13. Januar 1906
an Fournier

... ich möchte gerne, daß Du, um die Dich bezeichnende Formel zu finden, dieselbe kleine Arbeit unternimmst, die ich zum Finden meiner Formel unternommen habe. Das ist ebensowenig schwierig wie langweilig.

Trotzdem ein Wort hierüber. Die Formel, mit der Du

Dich selbst zu charakterisieren pflegtest, lautet etwa folgendermaßen: ›Ich bin ein Mensch, der das Leben so erfühlt, wie es sich von selbst ergibt.‹ Ich füge dem hinzu: ›Und ein Mensch, der es ablehnt, organisierend in seine Sinneswahrnehmungen einzugreifen.‹ Ich möchte Dich in diesem Zusammenhang auf ein Wort hinweisen, das Du Dir in einem Deiner Briefe entschlüpfen ließest. Du schriebst: ›Ich verabscheute Paris mit dem Haß eines Bauern.‹ Betrachte Dir einmal diesen Begriff ›Bauer‹, den ich natürlich ohne die leiseste Nuance von Verachtung ausspreche (wäre ich sonst hellsichtig?) – Der Begriff ›Bauer‹ bezeichnet Dich auf sehr umfassende Weise, so wie der Begriff ›Metaphysiker‹ (wie Du verstehen wirst, in bestimmtem Sinn angewandt) mich bezeichnet. ›Bauer‹, das bedeutet zunächst Leidenschaft für alles Natürliche und für die spontane Geste. Es bedeutet auch Deine Vorliebe für bruchstückhafte Schönheit, die ebenso bunt verteilt ist wie die verworrenen und wunderbaren Linien des Gesichts der Landschaft – im Gegensatz zu der Geschlossenheit und Einheit der Städte. Und schließlich bedeutet es Deine gleichzeitig zarte und kraftvolle – weil primitive – Sinnlichkeit. Aber ich will nicht weiter auf dieser Skizze beharren, deren Umrisse ich flüchtig hingezeichnet habe. Arbeite daran weiter, falls Du Lust dazu verspürst.

Jacques

An Rivière — Lakanal, 22. Januar 1906

... Ob Du mir schreibst oder zu mir sprichst, ich bin selbstverständlich (mit meinen kleinen Ideen) nur ein Blatt in einem der etikettierten Schubfächer, die Dir die Welt darstellen.

Selbstverständlich, sage ich, es könnte ja gar nicht anders sein. Aber:

1. lache ich, wenn Du mir schreibst: Vollziehe jetzt für Dich die kleine Arbeit, die ich mir – voller Wollust – für mich auferlegt habe. Ausgeschlossen! Ich ergehe mich nicht in Theorien, verehrter Herr, und ich wäre recht verlegen, wenn ich sagen sollte, wie ich mich klassifiziere.

2. wehre ich mich dagegen, daß Du mich irgendwie klassifizierst, und sei es noch so hellsichtig und noch so nett.

a) Erstens einmal, weil ich mich von den Etiketten Deiner Klassifizierung verführen lasse, und weil das jedesmal mindestens für eine Woche meine Wünsche und mein Denken in Fesseln schlägt. Dies zu Deinen Begriffsbestimmungen ›Bauer‹ und ›Künstler‹.

b) Weil ich Dir zurufen möchte: Was? Weil ich in Deiner Gegenwart eine Menge unbedeutender Regungen gezeigt, tausende von nichtssagenden kleinen Worten gesprochen habe – meist ganz mechanisch, weil ich die falsche Vorstellung kannte, die Du Dir von mir machst, und weil ich Dir nicht die Augen öffnen konnte, selbst, wenn ich gewollt hätte – da forderst Du mich auf, mich zu erkennen, Du, der Du nicht einmal eine Ahnung hast, wie viele Mädchen ich geliebt habe, noch von der Farbe ihrer Kleider, noch auch wie jedesmal verschieden, jedesmal einzigartig, jedesmal völlig neu unter der Sonne diese Liebe gewesen ist, Du, der nie, nie auch nur eine der Landschaften kennen wirst, die ich erlebt habe . . . usw. usw. . . .

3. Wenn Du mich aufforderst, das Leben, das wir gemeinsam verbracht haben, ein wenig im selben Licht zu betrachten wie Du, dann muß ich wieder lachen und

finde das komisch, denn gerade hier sehen wir doch auf das eklatanteste und mehr als irgendwo sonst unsere Verschiedenheit und unsere Persönlichkeiten.

Für Dich: Weihnachtsferien = Klärung dieser oder jener Punkte – Entwicklung dieser oder jener Theorie. Fournier = Ablehnung solcher Ideen. In Bausch und Bogen.

Für mich handelt es sich (muß ich es aussprechen? war dieser Unterschied nicht immer ganz augenscheinlich, und haben wir ihn nicht sogar nach Belieben geradezu übertrieben?) um die Abende einer fieberhaften Lebendigkeit, an denen wir unter einem schwarzen und später elektrisch leuchtenden Himmel einherwanderten und uns Worte, Ideen, Theorien an die Köpfe warfen, um uns unserer doppelten Gegenwart und unserer Freundschaft zu versichern – und nur darum.

Ich habe an den Ideen, die Du fandest, nur Freude gehabt, weil sie Dir Vergnügen bereiteten oder weil sie mir auf ihre Art Gelegenheit gaben, Dinge zu sagen, die ich sonst nicht auszusprechen gewußt hätte . . . Du verstehst. Ich halte ein.

Bis heute abend. Nach dem Essen. Wie leid wird es mir tun, so brutal und roh auf Dich eingeschlagen zu haben. Doch habe ich Deine Theorie ja nur am Rande berührt, und die Bewunderung, die ich für Dein Denken empfinde, wird dadurch keineswegs geringer, im Gegenteil.

Du verzeihst, nicht wahr? Und ich fahre fort, obwohl mir die Knie frieren, obwohl ich das Essen hinter mir und obwohl ich schlechtes Licht habe.

Ich habe mich voller Stolz an all die Vorwürfe erinnert, die mir von manchen Seiten – sogar von den Mädchen – wegen meines Stolzes gemacht worden sind.

All mein unterdrückter Stolz ist wieder hervorgebrochen – und ein gewaltiges Verlangen nach Ruhm und nach Aufruhr ist in mir aufgestiegen.

Ich habe so schrecklich lange geschrieben, daß mir die Hand schmerzt. Ich habe mir das erlaubt, weil ich am Sonntag gearbeitet hatte. Aber wahrhaftig, ich übertreibe es schon, und außerdem widert es mich an, all diese kleinen Theorien, kleinen Urteile und langen Sätze hinzuschreiben, die keinerlei Sinn haben. Während ich doch langsam und lange und schweigend in mir die kurzen und schwerelosen Formulierungen suchen sollte, welche die Vergangenheit oder das Leben aussagen.

Hätte ich heute abend auf mich gehorcht, dann hätte ich Dir nur von dem Tanz berichtet, von dem Tanz, den man mir beibringt, von dem Tanz . . . den ich liebe. Ein charakteristisches Entwicklungsmerkmal, was? Ich hätte Dir nur davon berichtet, denn würde ich auf mich horchen, dann spräche ich von der Empfindung, die ich auskoste, während ich schreibe, oder von denen, die ich am stärksten noch einmal zu durchleben geneigt bin.

Ich hätte Dir davon sprechen mögen, wie überaus traurig es ist, ein schönes Bildnis zu verlieren. Werde ich es wiederfinden? Wann? Wie quäle ich mich an den Abenden ab, um mich zu erinnern! Augen einer Londoner Boticelli-Madonna, dann wieder ein Schein ihres Lächelns, ein Schimmer ihres Mundes, eine Ahnung ihres Haars, wie kann ich sie mir nur ins Gedächtnis zurückrufen?

Dieser wundervolle und melancholische Traum ist fast greifbar: ganze Reihen junger schöner Frauen ziehen an mir vorüber. Eine trägt einen Hut wie den ihren, eine andere hat die Neigung ihres Hauptes oder das

›helle Kastanienbraun‹ ihres Kleides oder auch das Blau ihrer Augen, aber so weit ich auch den Blick hinaussende, so lange sie auch vorüberziehen, keine, keine einzige ist sie.

Das habe ich geträumt. Und alle Abende zieht diese Prozession in Gedanken an mir vorüber, und manchmal auch auf den schönen Straßen.

An Rivière Lakanal, 29. Januar 1906

... Ich bin recht niedergeschlagen letzterzeit.

Solltest du irgendeine Formel finden, um mir Mut zu machen, so schicke sie mir. Aber wäre das nützlich? Würdest Du mir damit überhaupt einen Dienst leisten?

Ich sage mir, daß ich nicht imstande bin, das Ziel zu erreichen.

Gelänge es mir, so würde mich das ein gutes Stück weiterbringen.

Sei es ein Stipendium oder meinetwegen sogar Gymnasialprofessor mit einer Anstellung auf zehn Jahre!

Alles andere lieber als weiterhin physisch und geistig derart eingeschlossen zu sein.

Unter Paukern leben zu müssen, unter Leuten, deren Beruf darin besteht, Herz und Seele der Vergangenheit in Formeln zu pressen – und mich zu quälen, meinen Schädel dazu benutzen, daß ich versuchen soll, das gleiche zu tun.

Gibt es es denn nicht irgendeine Möglichkeit in Fu-Tschau oder sonst irgendwo, die uns – wenn es denn schon ausgesprochen werden muß – gestattet, Verse zu schreiben, Verse, Stücke und Romane, Kunst zu erzeugen, bis auf den Tod Leben zu schaffen?

Ich bitte Dich um Verzeihung, daß ich Dich mit diesen Klagen langweile, die Du doch nicht beheben kannst.

Ich mache gerade die Bekanntschaft des Clergyman des Internats, der diesen Posten auch bei der Botschaft in London versieht.

Ein englischer Geistlicher zu sein, Pfarrer wie Le Cardonnel, Friedensrichter wie Sébastian-Charles Lecomte, dessen Verse ich heute vormittag durchblättert habe, oder Buchhalter in Fu-Tschau. Aber mein Gehirn soll man mir in Ruhe lassen!

Schreibe mir.

An Rivière Lakanal, 17. Februar 1906

... Ein weicher Februartag unter den nackten Bäumen und den schwarzen Baumgruppen. Heute vormittag rieselte ein warmer Regen herab. Im Himmel überall die Stimmen von Spatzen, die man nicht sieht. Ein Vorstadtsonntag. Durch das Fenster das Krähen der Hähne.

Mir ist, als sei ich von einer starken erdrückten Begierde erfüllt. Als ich eben die Treppe von den Zimmern hinunterkam, blickte ich zum Treppenfenster hinaus. Ich sah hinter einer Mauer ein Schloß, wie eine vom Himmel herabgestiegene Theaterdekoration. Eine sandbestreute Allee, ein Gitter, ein Stückchen Park mit Moos am Fuß der Bäume. Weiter weg die Freitreppe, das regennasse Schieferdach – und in meinem Herzen der Nachmittag, wie er sich dort und an anderen Orten abspielen wird. Ach, all die großen Sehnsüchte, die an einer Fensterscheibe zerschellen, und wie viele habe ich nicht durchlebt, jahrelang, in den Internaten.

Profil der Beata Beatrix. Unendlich blauer Blick wie derjenige der Madonnen von Botticelli, unendlich fern und hochmütig wie derjenige der Frauen von Dante Gabriele, unendlich vertrauensvoll und schwach und blau wie derjenige des ›Lebens‹ von Watts. Ihr habt euch ausgegossen in die Blumen des Sommers wie die langgestreckten Wattsschen Leiber in den Faltenwurf ihrer Gewänder. Ihr umschließt die ganze Kunst, die Literatur, und dennoch das ganze Leben. Gebrechlich wie ein alter Seidenstoff ist eure Seele, dabei birgt sich hinter ihr das Leben auf Sandstrand und Rasen, das glühende Leben vor der Schloßfront oder auf dem Hof des Hauses meiner Großmutter, die Heliotroptöpfe auf die niedrige Mauer stellt, oder rings um den geschwärzten Tisch der Bauern, die sich von Kartoffeln, von Arbeit und von alten Erzählungen nähren – denn eure Seele ist einfach, der Vergangenheit gehörig und wahrhaftig wie die meine. Eure Seele verleiht den Bildern von Rossetti und Watts jene köstliche Vornehmheit, die das zertretene Glück meiner Donnerstagnachmittage ausmacht, wenn ich sie, den Kopf in mein Gehäuse vergraben, betrachte. Oh Schlankgewachsene! Dein weiter kastanienbrauner Mantel, niemals sehe ich ihn wieder! Niemals werde ich mein Haupt und mein Herz in einer seiner Falten bergen, mein Herz, das alle Horizonte in sich trägt, alle Stimmen der Eisenbahnen und der Hähne auf den Geflügelhöfen der Schlösser, niemals werde ich ihn sanft mit meinen Tränen netzen an einem Nachmittag, an dem wir von unsern Besuchen heimgekehrt wären.

Wenn es Dir peinlich ist, dies gelesen zu haben, so zerreiße es oder schicke es mir zurück.

An Rivière Lakanal, 21. März 1906

... Er (Claudel) hat mich auch in der Überzeugung bestärkt, die ich (wie Jules Vallès) schon immer hatte, daß ich nicht ich selber sein werde, solange ich noch einen Büchersatz im Kopf habe, oder genauer gesagt, daß all dies – klassische oder moderne Literatur – nichts mit dem zu tun hat, was ich bin und gewesen bin. Jeder Versuch, mein Denken da hineinzubiegen, ist ein Fehler. Vielleicht wird es langer und angestrengter Bemühungen bedürfen, um ganz tief, unter den literarischen und philosophischen Schleiern, mit denen ich sie bedeckt habe, meine eigenen Gedanken wiederzufinden und mich dann auf den Knien über sie zu beugen und sie Wort für Wort niederzuschreiben.

Mein Denken war nichts anderes als mein Leben, das sich abrollt, mein Leben – es besteht aus Fetzen von Millionen anderer Leben, die ich geteilt habe, die ich festhielt oder verfehlte, um sie wiederzufinden. Ich habe früher einmal Ohrfeigen bekommen wie die Dorfschüler, um schreiben zu lernen, und wie der Bär Stockschläge empfing, um tanzen zu lernen.

Und ihr Formelmacher werdet niemals den ganzen Gedanken aussprechen, denn immer wird ein Sonnenstrahl oder ein Stockschlag bleiben, den eure Formeln nicht ausgedrückt haben. Die Formel müßte sich ebenso langsam abrollen wie das Leben und es in entsprechendem Maße greifbar machen. Die Formel – Resultat, Synthese – ist tot, wenn nicht die ganze vorangegangene Analyse in ihr beschlossen bleibt, die ganze lebendige Arbeit, die sie erst erzeugt hat. Claudel hat keinen Augenblick lang das Leben seiner Personen von der Formel getrennt, die sie finden. Man erfährt nicht, wann sie sie zu finden beginnen, wann sie gefunden ist. Sie lernen nicht sich zu bescheiden; sie bescheiden sich und sagen: es ist gut so.

Das große und krankhafte Bemühen der Liebenden, einander ihre Gedanken mitzuteilen. Ein heftiges, schmerzliches vergebliches Bemühen. Die Formeln, die man in der Unterhaltung oder der Lektüre lernt, besagen nichts, oder aber jedem etwas anderes. Unter Begriffen wie Schmerz, Freude und selbst Melancholie, Heiterkeit usw. birgt sich das ganze gewaltige und schwere Einzelerleben.

Ich glaube, nur grenzenloses Mitgefühl ist fähig, dieses vergangene Leben mitzuteilen, dieses Leben, das Gedanken erzeugt hat, das die Gedanken ist. Tanzt ein wenig mit dem schweigsamen Bären.

Wer weiß, ob ich der Liebe nicht den stärksten Treuschwur leistete, als ich eines Sonntags in London, während ich mich bis zur Melancholie von meinem früheren Leben niedergedrückt fühlte, allein durch die langen hitzebrütenden Straßen irrte und mit zurückgedrängten Tränen die Policemen nach dem Wege fragte; als ich dachte: Sie würde kommen, ernst und lieblich, ohne Lächeln und ohne Düfte, mit ihren zarten und strengen Erinnerungen; und ich würde den Kopf beugen und an sie lehnen, und sogleich würde es sein, als hätte ich alles ausgesprochen, all die gewaltigen Gedanken der Liebe und des Bedauerns, die auf ganz niedrige und gemeine Dinge ausgehen: auf Resedatöpfe auf einer Mauer, einen Wandschrank, der sich knarrend öffnet und nach Brot und Käse riecht, ein Tischtuch mit Troddeln, die Geschichte von Monte-Christo in ihren Bilderrahmen und meine innige Zuneigung für den Großvater, der, blaurot im Gesicht und lachend, vor der Tür in der

Sonne steht und auf die Bauern flucht. Sie wüßte alles, und niemals würde ihr zartes und helles Gewand durch diese große weiße Pforte mit der harten schwarzen Klinke verschwunden sein, niemals würde es durch sie verschwinden.

Vielleicht habe ich die Menschen, die eine Ehe eingehen, niemals so sehr geliebt und ihnen niemals so sehr verziehen wie eines Abends, als ich auf einer englischen Villenstraße – halb ländlich, halb städtisch – die Dämmerung in Wolkenfetzen mit kalter Septemberfrische herabsteigen sah. Ich dachte an ein junges ländliches Paar, das von einem Besuch bei den Eltern im Marktflecken heimkehrt; und wie sie beim Einbruch der Nacht querfeldein nach ihrem Weiler wandern, hilft der junge Mann seiner Frau, über die Wasserlachen zu springen. Ich dachte, wie sie sich nach dreißig Lebensjahren diese süße Erinnerung und viele andere ins Gedächtnis zurückrufen, nach all den Jahren, in denen die Landschaften, die Gefahren, die Wartezeiten, die Reisen, die Anhöhen, die der Wagen im Schritt erklettert, in denen dies alles ihre Gedanken gleichgerichtet und ihre Herzen in eins verschmolzen hat. Ein Wort genügt nun, um dem anderen mitzuteilen, was man denkt, mit den Millionen längst vergangener Einzelheiten, die das ganze Herz und das ganze Denken ausmachen. Himmlische Bande, himmlisches Verstehen – und daß es keine Metapher ist, wenn man vom Fortgehen mit den Toten spricht.

An Rivière Lakanal, 18. Mai 1906

... Aber ich kann Dir nicht schreiben. Antworte mir trotzdem, als ob meine Briefe weiterhin zwanzig Seiten lang wären. Ich kann nicht. Wenn ich Dir schriebe (was wir schreiben nennen), würde eine ganze Prozession von Gedanken wieder in mir aufsteigen, die ich seit Ostern ersticke, als könnte mir das nützen.

Ich habe diese Dinge seit Ostern erstickt, oder ich glaubte doch, sie zu ersticken. Um mein Gewissen zu beruhigen, denn ich bin völlig überzeugt, daß ich bei diesem Examen nicht durchkommen werde, bei keinem Examen.

So tue ich denn, als ob – und obgleich ich abends noch unsere Leute lese, schwinge ich nirgendwo mit.

Und vor allem wollte ich etwas anderes ersticken. Ich glaubte auch dabei an ein Gelingen. Und auch in diesem Fall geschieht es nur zur Beruhigung des Gewissens, nur um ›unser beider‹ Gewissen willen, daß ich – nachdem ich drei Sonntage hier (im Internat) verbracht habe – am Donnerstag, am Himmelfahrtstag, in braunem Anzug ausgehen werde.

Es handelt sich – ich fürchte mich nicht, es auszusprechen – um mein ganzes zukünftiges Schicksal. Aber ich bin völlig überzeugt, daß ich nur zur Gewissensberuhigung ausgehe ...

Außerdem kocht alles in mir. Die Dinge ... die Dinge ... auf die ich angespielt habe, sind Gesamtperspektiven meines kommenden Werkes.

Meine Einsamkeit hier. Ich habe nur P., der einzige, der wundervoll mit dem Kind in mir, das ›volle acht Jahre alt ist‹, sympathisiert.

Meine physischen Leiden hier, die Kälte, die Müdigkeit; immer wieder vor allem die Kälte, und das Aufstehen um fünf Uhr! Aber ich leide nicht mehr unter den Menschen und dem Park, wie ich zwei Jahre lang darunter gelitten habe – die erniedrigendsten und daher die verborgensten und die schmerzlichsten Leiden meines Lebens. Niemals, das darf ich wohl sagen, war ich so physisch scharfblickend und schamerfüllt wie damals.

Schlußfolgerung: Ich brenne darauf, hier herauszukommen. Aber etwas habe ich in diesem Jahr gewonnen: Mein Abgang wird würdig sein. Kein Verlangen, diese Zeit der anscheinend überflüssigen Leiden auszulöschen. Der Stolz, diese Unterdrückungen meines Stolzes im Gedächtnis zu bewahren.

Ich liebe diese Mauern, die mir Lust gemacht haben, um mich zu schlagen.

An Rivière Lakanal, 27. Mai 1906

... Sie ist nicht gekommen.

Ich hatte mir seit langem ganz einfach gesagt: eines Donnerstags, es war Himmelfahrtstag, ist uns das schöne Abenteuer begegnet*, von dem ich erzählt habe. Wir haben keine Möglichkeit, uns auf anständige Art wiederzufinden, und es gibt für uns beide sozusagen nichts Gemeinsames, nichts, was wir von einander wüßten, außer dem Tag, der Stunde und dem Ort des außergewöhnlichen Abenteuers. Ich hatte mir gesagt: Sie könnte wiederkommen.

* Am Himmelfahrtstage 1905 war Alain-Fournier zum ersten Male ›Yvonne de Galais‹ begegnet.

Aber ich wußte seit langem genau, daß sie nicht kommen konnte, und jetzt vor allem weiß ich es ganz genau.

Und auch wenn sie gekommen wäre, wäre sie nicht dieselbe gewesen.

Und wenn sie wiederkommt, wird sie nicht dieselbe sein.

Am Donnerstag habe ich nicht die Kraft gehabt zu wünschen, daß ES eintrete, daß ich sagen würde ›Sie sind's‹ angesichts ›dieses jungen Weibes, das mich so lange von fern, von oben, ernst angeblickt hat‹.

›Ich hatte mich schön gemacht‹, und ich darf gestehen, daß ich mehr als elegant war. Aber nur äußerlich, und ich hätte lange gebraucht, die Straße zu vergessen und die verlorenen Höhen wieder hinaufzusteigen, um dieses Verlangen wiederzufinden, um dieses Verlangen ›hervorzuholen‹!

An diesem Tage, den ich mir zugestand, um auf der Suche nach diesem Verlangen quer durch mein eignes Innere zu irren, habe ich wie niemals zuvor das heftige und in manchen Augenblicken fast hellsichtige Empfinden gehabt, wirklich quer durch mein eignes Innere zu wandern!

Ich wußte, ich muß mich lange hin- und hergeschüttelt inmitten des Elends und der Mittelmäßigkeit dieses ganzen sonntäglichen Völkchens aufhalten, das in mir steckt, um endlich all den zarten Reichtum dieser Liebe heraufbeschwören zu können. Und ich wußte – so sehr, daß ich es hätte herausschreien mögen! –, eine übermenschliche Anstrengung, das Verlangen nach dieser Liebe hervorzurufen, würde genügt haben, damit SIE gekommen wäre. Und ich wußte auch – so sehr, daß ich es hätte im voraus niederschreiben können! –, ich würde bis zur Ermattung in meiner Armseligkeit umherirren, bis zum Absturz in den tiefsten Grund des Schmerzes und der Niedrigkeit, der in mir ist!

Und ich nahm das mit einer niedergetretenen und sanften Ergebenheit hin, ich fühlte, daß ich den Gedanken an ein neues, neu beginnendes Leben fassen müsse, und ich fühlte die Schönheit, schöner als alles andere, bitterer als alles andere, die darin liegt, sich zu ergeben, in dem niedrigen Leben ›herumzuwühlen‹, das mir geblieben ist.

Ich habe an diesem Abend beim Aufräumen eine Bilanz meines Besitzes gezogen, nach Art von Paul Claudel. Die Worte in Anführungszeichen stammen aus dieser Bilanz – die ich Dir eines Tages schicken werde, falls ich sie in Reinschrift noch als Kunst betrachte.

Ich glaube bestimmt, ohne allerdings ganz sicher zu sein, daß ich an jenem Abend mit C. in den Folies-Bergères war, oder noch etwas Schlimmeres.

Ich kann auch mit Bestimmtheit sagen, daß ich noch nie zuvor einen so kalten, aber auch so kalt hingenommenen Schmerz empfunden habe! Und jetzt auch mit so starker Leidenschaft!

Und dann an all dies Gewühle zu denken, das ich produzieren und lieben werde, und daß es mein Ruhm sein wird, es so sehr geliebt zu haben, daß sie eines Tages kommen könnte, um es mit mir zu lieben, und ohne sich herabzubeugen!

Und dieser Tag ist für mich schon so feststehend und so schön wie mein Todestag.

Was sie angeht, so weiß ich nichts Genaues mehr über sie, außer daß sie ›blond ist wie Madame Fournier‹.

An Isabelle Lakanal, 30. Mai 1906

... Heute morgen, fünf Uhr dreißig. – Noch schnell ein letztes Wort, bevor ich mich an die Arbeit mache. Was ich Dir gestern abend berichtete, war äußerst blöde und vielleicht nur eine Wiederholung. Aber bedenke, daß wir um fünf Uhr aufstehen. Da muß man uns um zehn Uhr abends schon vieles verzeihen!

Heute früh sind die vier Fensterflügel zu meiner Rechten und hinter mir geöffnet. Jenseits des Fensters verläuft eine Mauer und tief unten eine gepflasterte Allee; hinter der Mauer kommt eine lange Allee hoher Bäume, und da beginnt der Besitz der Marquise de Trévise (ehemals der Herzogin du Maine). Jedenfalls wird behauptet, es sei der Besitz der Marquise de Trévise; alles was ich heute morgen, zu so früher Stunde, mit Sicherheit darüber sagen kann, ist, daß eine große Frische von dort herüberweht, und mit ihr und dem Piep-piep der Vögel kommen Erinnerungsfetzen: schöne Morgenstunden im August beim Fischfang und der Wanderung längs der Ufer des Kanals oder des Cher, die Füße im feinkörnigen Sande, die Ginsterbüsche, quer über die weiten Ebenen des Cher ... Frische und Einsamkeit ... Oder der Morgen eines Festtags, ein wenig verwirrt vom frühen Aufstehen, diese fiebrige Morgenfrische eines schönen Tages, der sehr heiß werden würde, wenn man die Bücher für die Preisverteilung in ihren Papierumschlägen auf einem Handkarren zur Schulvorsteherin bringt.

Nachdem Fournier die Aufnahmeprüfung für die Ecole Normale Supérieure am Lycée Lakanal nicht bestanden hatte, trat er im Oktober 1906 als Externer in das Lycée Louis-Le Grand in Paris ein, um sich auf eine Wieder-

holung der Prüfung vorzubereiten. Er wohnte in dieser Zeit zusammen mit seiner Großmutter und seiner Schwester in Paris, 60, rue Mazarine.

An Rivière   La Chapelle d'Angillon, 15. August 1906

Mein lieber Jacques,

An diesem ›Sonntag‹, Abend von Mariae Himmelfahrt, da hier fast alle zur Vesper gegangen sind, beginne ich ... Ich fühle mich kräftiger. Obwohl ich mich gerne immer nur an die Luft der Felder gehalten hätte, war ich gezwungen, mich einer Phosphorkur zu unterziehen, die mich zu heilen beginnt. Aber wie müde bin ich noch, und wie schnell dreht sich mir noch alles im Kopf! Die kleinste geistige Anstrengung hat ein Fieber zur Folge. und seit meiner Herkunft hat meine Gesundheit ständig meine Gedanken in Anspruch genommen. Erst seit zwei Tagen bin ich meiner wieder einigermaßen sicher.

Aber dennoch weiß ich keineswegs, wie es um mich steht; ich habe keine Ahnung, was mit mir werden soll. (Von der Frage des Examens sehe ich ab.) Du erinnerst Dich, wie ich mich am Himmelfahrtstag schon immer fortreißen ließ. Jetzt scheint mir, daß ich nicht mehr folgen kann: Auf meiner Herfahrt, nachdem das Ende des Examens mir wieder zu denken gestattete, stieß ich mich unaufhörlich an der Frage: ›Wohin gehe ich? Hier reise ich nun wieder durch das Land und durch die Sonne. Wohin gehe ich? Werde ich noch einmal ein Leben beginnen?‹

(Mein Examen hatte damit nichts zu tun, jedenfalls nicht bewußt. Mit ›Leben‹ meine ich die Bemühung, sich selbst, und die Welt mit einem, auf die Höhe eines einzigen Verlangens hinauf zu führen. Oft war es für mich eine Frau, die ein einziges Verlangen dargestellt hat, die über mir stand und mir die Hand reichte. Aber nun habe ich dieses Mal, noch einmal, wiederum die Anhöhe erklommen, und ich steige sie wieder hinab, und ich bin müde.)

Ich habe mich gefragt, und ich frage mich: ›Wohin gehe ich? Werde ich mich dazu bringen, mich wiederum auf den Weg zu machen und mich noch einmal abzumühen, nachdem ich diese Wendung meines Lebens hinter mir gelassen habe, nachdem diese leidenschaftlichen Bemühungen sich entspannt haben? Ich wollte die Liebe, und ich habe sie kennengelernt, mit ihren Küssen, ihrem Ekel, ihren Torheiten; ich habe sie kennengelernt mit all ihren wundervollen Unmöglichkeiten. Wieder einmal ein Leben halb gelebt, halb erträumt, wieder einmal ein Ring geschlossen. Warum von neuem beginnen?‹

Es berührt mich überhaupt nicht, daß diese Ermattung einen physiologischen Ursprung hat: so sieht es eben um mich aus in dieser Stunde.

Ich bin es müde, die Liebe zu wollen und das Leben zu wollen: ich flüchte mich unter die Bilder, die in mir sind. Das wird nicht immer so bleiben. Es ist nur ein augenblicklicher Rückfall.

Ich habe mir jedoch folgendes klargemacht:

Wie ich mich so am Wegrand niederließ, anstatt mich weiterzubewegen, habe ich nichts an mir vorüberziehen sehen. Ich habe mich von der Unbeweglichkeit aller Dinge überzeugt, des ganzen gegenwärtigen oder vergangenen Lebens, das mir am Herzen liegt. Ich habe gesehen, daß all dies sich nur darum schwerfällig und inbrünstig weiterbewegte, weil es von dem inbrünstigen Verlangen in mir vorwärtsgetrieben wurde. Stirbt das Verlangen, dann ist alles – das Gegenwärtige und das Vergangene – vor meinen Blicken ausgebreitet und erstarrt wie ein Museum.

(Wenn ich so etwas Allgemeines ausdrücken will, drücke ich gar nichts aus, jedenfalls nichts, das mir angehört. Mein eigen und interessant ist mir nur das plötzlich in mir aufsteigende tiefe Bewußtsein dieser Generalisierung und der besonderen Erfahrungen, die ich daraus entnehme: Kunst und Wahrheit gibt es nur im Besonderen.)

Man müßte das Besondere ausdrücken können. In meinem kommenden Buch habe ich wohl zu sagen versucht, daß sich die Mädchen, als sie die kleine Alte im Mondlicht über die taufeuchten Brücken nach Hause führten, mit ›derselben‹ furchtsamen Zärtlichkeit an ihre Eltern schmiegten, wie einstmals Rosine oder Florentine, wenn sie nach dem Abendessen vom Marktflecken zurückkamen, sich in den Arm eines Burschen gehängt haben. Aber das ist banal und nicht das Eigentliche. Ich wollte das Gefühl erwecken, daß es nur dieses Erzittern der Zärtlichkeit und der Frische gibt, und nichts danach noch davor, und daß es ein für allemal in all seiner Zwecklosigkeit unter dem Septembermond da ist. Ich blicke in eine andere Richtung, und überall erblicke ich alles – unbeweglich und unnütz – unterhalb meiner Müdigkeit. Ich höre auf der Straße die Worte, die alle Hausfrauen von einst und von heute gegen zehn Uhr gleichzeitig, wie aus einem Munde, sagen: ›Ich muß schleunigst nach Hause, ich habe Kohl auf dem Herd stehen.‹

Aber bald wird die Zeit der Dürre vorüber sein. Ich

werde die Kraft zurückgewinnen, alle Hausfrauen und alle liebenden Mädchen neu zu erdenken.

Ich werde in der Zeit der Dürre die Gewißheit erlangt haben, daß es nichts Vergangenes und nichts Kommendes gibt, daß alles unter der Inbrunst meiner Seele und meiner Gedanken vor mir liegt, und daß dieses Verlangen nach Liebe im Licht des Mondes das fröstelnde Erzittern der Florine und der Rosine von einst wie der Antoinette von heute ist. Und dann wird meine Glut ihnen das Leben wiedergegeben haben: sie werden da sein, lebend wie ich selbst – das heißt, einzigartig und ewig.

An Rivière La Chapelle d'Angillon, 22. August 1906

... Mein Credo in Kunst und Literatur: die Kindheit. Dahin zu gelangen, sie darzustellen, ohne irgendwie kindisch zu werden, mit ihrer Tiefe, die an die Geheimnisse rührt. Mein kommendes Buch wird vielleicht ein ständiges unmerkliches Hin und Her zwischen Traum und Wirklichkeit sein; ›Traum‹ als das grenzenlose und undeutliche Leben des Kindes, das über dem anderen schwebt und unaufhörlich von dem Widerhall des anderen aufgestört wird.

An Rivière La Chapelle d'Angillon, 3. Sept. 1906

... Im Augenblick scheine ich gegen die letzten Krisen anzukämpfen, die das Ende meines Leidens sein dürften. September und die Jagden und die Weinernte werden meinem Fieber den endgültigen Balsam einflößen.

Gestern mußte ich – wegen der Schwitzbadhitze – den Brief an Dich schon morgens liegen lassen und mich irgendwohin flüchten; ich war toll vor Erschöpfung, vor Aufregung infolge der Medikamente und vor Angst, toll zu werden.

Aber heute morgen bin ich schon wieder voller Ruhe, Sanftheit und geduldiger Liebe. Ich bin in die glühende Sonne hinausgegangen, und die Hecken gaben mir Schatten. Ich bin über die kostbaren bestellten Felder der brutalen Bauern gegangen; ich bat um Entschuldigung, und sie sagten mir, ich wolle ja das Feld nicht forttragen, und sie fürchteten nur für meine Stiefel. Ich habe ihnen, ohne sie zu kennen, von Panama gesprochen, von seinem fruchtbaren und unbebauten Boden, von der Hilfe, die man dort dem europäischen Arbeitsmann angedeihen läßt. A. war bei mir. Der älteste Bauer beugte den Kopf, ohne zu antworten, und als wir weitergingen, rief er uns nach: ›Entschuldigung, der Herr, und das Vieh?‹ Wir erklärten ihm, was er wissen wollte, und er erwiderte mir mit einer Rauheit und Langsamkeit und Vorsicht, die mir das Herz ergriffen: ›Wenn ich dreißig Jahre jünger wäre ... Den Boden, den hab ich ja immer geliebt, auch das Vieh ... Ich bin sozusagen unterm Vieh groß geworden, ich bin immer mitten drunter geblieben, und, zum Teufel nochmal ... ich versteh nichts davon ... aber ich werde sicher auch mitten darunter sterben ...‹ Und noch aus der Ferne, unter der erbarmungslosen Sonne, rief er uns von einer Furche seines dreimal bestellten Bodens Sätze wie aus Moraltraktaten nach, die mir die Tränen in die Augen trieben: ›Eins ist mal sicher, da kann man sagen, was man will, wenn der Boden nicht bestellt würde, dann könnte die Welt sich hinlegen und sterben ...‹

Ich möchte mit der gleichen Liebe die Flüche des Bauern wiedergeben, der verlangt, daß man das Lattentor seiner Wiese zumacht, und der die Verkörperung entfesselten Hasses ist – und die Worte des Wilderers, dem wir bei unsrer verspäteten Heimkehr begegneten; das drohende Unwetter und der wütende Sturm trieben ihn die Hecke entlang in die herabgestiegene Nacht – und all die Ängste des überheizten Häuschens, wo ich schlaflose Nächte verbrachte – und den Angsttraumsturz des Hauses am Rande des Horizonts in einen so unerbittlichen Abgrund, daß alle Vernunft der Welt darin verschwindet und daß man – nach dem Erwachen – stundenlang empfindet, daß alle Vernunftgründe der Welt nichts sind gegenüber . . .

Und den Nachmittag, mit klopfenden Schläfen, in dem leeren heißen und schweigenden Schulraum meiner Machtlosigkeit; während die Sägemühle im Ort ihr trockenes Knarren vernehmen läßt; und während man von einem Ende des Horizonts zum anderen das wahnsinnige und trostlose Geheul des Automobils ertönen hört, das mit seiner Staubschleppe den Ort durchrast.

Und den – unvergeßlich tragischsten – Anblick von allen, den Mann, der in einem Wagen herbeigebracht wird, bäuchlings auf dem Stroh und den Matratzen ausgestreckt – barfuß, halbbekleidet ist er in der Sonne auf den Feldern hingestürzt, und jetzt schleppt man ihn mit seiner Matratze an Armen und Beinen zu dem ›flammenden‹ Dreiuhrzug, um ihn nach Bourges zu bringen.

Ich möchte zur Landschaft sprechen, so wie die Goncourts zu Paris gesprochen haben: ›Oh Paris . . . du besitzest . . .‹ Ich möchte zumindest zum Ausdruck bringen: Wenn ich weniger als die anderen jene Unruhen der Jugend, jene Ängste um mich selbst, jene Unordnung der Entwurzelung gekannt habe, so ist es, weil ich immer gewiß war, mich mit meiner Jugend und meinem Leben am Zaun wiederzufinden – am Feldwinkel, dort wo man zwei Pferde vor eine Egge spannt ... Und niemals noch wie gerade in diesem Jahr schmerzlicher Dürre habe ich das Land so mitfühlend, so verständnisvoll gefunden ... mit seiner Entschuldigung meines Fiebers, seiner Haltung, als kenne es mein Leiden, so wie der Lavendel die Wunden kennt, als sei es an mich gewöhnt, so wie ich ganz irdisch an seine Gesellschaft gewöhnt bin.

An René Bichet La Chapelle d'Angillon, 20. Sept. 1906

... Meine Sinnlichkeit: Ich kenne keine größere Wollust als diese: unter den widrigsten und verschiedenartigsten Umständen aus der Tiefe meines Herzens eine neue Erinnerung emporsteigen zu fühlen – eine Erinnerung, so undeutlich noch, daß sie vielleicht nichts ist als ein seltsamer Eindruck, der mir von einem früheren Leben geblieben ist, oder eine Vorahnung, und so vielfältig, daß sie noch auf unsagbare Weise einzigartig bleibt. Manchmal dringt dies Gefühl weiter empor und verliert diese Kompliziertheit, die ihm seine unaussprechliche Eigenart verlieh. Zu anderen Zeiten bleibt es in meinem Herzen und füllt es aus und möchte es sprengen, und das ist dann erregender und befremdender als die größte Liebe.

Ich unterhalte mich einfach mit diesen Phantasiegebilden. Wenn ich genügend Bilder besitzen werde, mit anderen Worten, wenn ich Muße und Kraft haben werde, nur noch diese Bilder zu betrachten, in denen ich die tote und die lebende Welt in die Glut meines Herzens eingegangen sehe und fühle, dann vielleicht wird es mir gelingen, das Unaussprechliche auszusprechen. Und das wird dann meine Weltpoesie sein.

Und darin ist auch meine Sinnlichkeit fast völlig beschlossen.

Aber daneben gibt es auch ›die Inniggeliebte im rosa Kleid‹ – und sich nur mit dem Kopf an ihr Kleid zu lehnen, das ist vielleicht schon so, als hätte man alles erzählt, alles gelebt, alles ausgesprochen.

Aber wenn man wie ich die Inniggeliebte zu den Bildern verbannt hat, die fast nicht einmal mehr Erinnerungen und noch keine Wünsche sind, zu den Bildern, die ihre Schönheit nur von ihrer langen Dauer und vom Lichte des eignen Herzens empfangen, dann bleibt weiter nichts, als sich ganz bescheiden mit der Betrachtung der Bilder zu unterhalten.

All dies zur Erklärung dafür, daß ich nicht mehr darauf verzichten kann, einzig ›frische Gewässer‹, ›schöne Lippen‹ und beim Einbruch der heißen Nächte ›eine sanfte Umarmung duftiger Ärmel‹ zu ersehnen.

An Rivière Paris, 11. Oktober 1906

... Manchmal erscheinen mir meine Briefe als schwere Fehler und fast wie Verbrechen. Ich sollte meine Begegnungen mit Bauern erzählen, sozusagen im unreinen ausarbeiten, sollte ihre Namen erwähnen und das Wetter, in dem ich sie antraf – um zu versuchen, diesen Begegnungen Gestalt zu geben; ich sollte erzählen, was mein Mitgefühl erregte und was mir die Tränen aufsteigen ließ, und nicht versuchen, darüber zu räsonnieren.

Es gibt gegenwärtig eine Kategorie von Frauen, deren Existenz ich vermute oder mir einbilde: die Opfer der Symbolisten – so wie es die Opfer der Romantiker gab – so wie Madame Bovary ein Opfer des Romantizismus war.

Die Frau ist nicht Literatur, sie ist das Leben.

Die Traurigkeit der Liebe wie die des Lebens besteht darin, daß es den Verzicht gibt:

Der geliebten Frau kann man nur sagen: du hast mir einen Teil der Schönheit der Welt gebracht – während man doch von allen Schönheiten träumt und davon, daß alle Leben zu einer einzigen Schönheit verschmelzen, zu einer einzigen Frau, einem einzigen Leben.

Man bescheidet sich in der Liebe, so wie man mit seinem Leben vorlieb nimmt.

An Rivière — Paris, 19. November 1906

Lieber Freund, ich habe bislang einige Verse geschrieben, die Du fast alle kennst, und einige unklare Prosastudien. Ich bin mit alledem so unzufrieden wie nur möglich, aber eine ganze Welt von Skizzen schwirrt mir im Kopf herum.

Gestatte, daß ich mich im April mit leeren Händen bei Dir einfinde. Du bist der einzige Mensch auf der Welt, den ich kenne, der mir vorwerfen könnte, daß ich diese geliebte Welt in mir habe zugrunde gehen lassen. Du bist auch der einzige, dem gegenüber ich sie formuliert habe, und dem ich den Beweis schulde, daß sich hinter diesen Formulierungen wirklich eine Welt befand.

Du bist auch der einzige, der mir helfen kann zu glauben, daß ein letzter Aufschub von einem Jahr nicht die endgültige Vernichtung meiner selbst bedeuten wird.

Habe die Kraft, mir das zu raten, wie ich die Kraft habe, Dich darum zu bitten. Habe die Kraft zu wünschen, daß ich im April beinahe die Ecole Normale Supérieure erreicht haben werde und daß meine Hände leer sein werden.

Denn trotz allen Entschuldigungen, die ich mir geben kann (übersprungene Klassen – Wechsel des Ziels – Krankheiten), wäre es lächerlich, wenn ich bei dem Eifer, den ich daran wende, nicht im Juni aufgenommen würde. Denn es gibt Menschen, deren Traum und einziger Wunsch dieser Erfolg ist; denn es gibt Menschen, die vor Freude darüber beinahe sterben würden. Denn nächsten Oktober muß ich bereits Kürassier sein, und nächstes Jahr frei und in England mit 2400 Franken in der Tasche.

Mit Hilfe dieses Opfers verspreche ich Dir während meines Englandjahres ein Buch. Und Liebesgedichte.

Zur Zeit bin ich schon auf dem Wege zu den Klassikern. Meine lateinische Arbeit hat viel Beachtung gefunden. Im Französischen wird es ebenso gehen. Ich kann's erreichen – mit wilder Arbeit, Spaziergängen auf dem Lande und kurzen schwachen Briefen.

Aber wie soll ich diese Liebe noch ein Jahr lang einschläfern, diese Liebe, die mich hochhebt, sobald mir auf der Straße ein lauerer Novemberhauch den Frühling vorgaukelt – wenn meine Leidenschaft dann so stark und so erhaben ist, daß es ihr fast gelingt, den unerreichbaren Gegenstand ihrer Wünsche zu erschaffen – und wenn dann nichts weiter da ist als im Hintergrund einer Remise der lackierte und verstaubte Kutschersitz eines Wagens, der bald abfahren wird, nichts weiter als ein junges, sehr blondes und hochgeschossenes Mädchen von unwahrscheinlicher Schönheit, um die ich mich in einem Saal von unbestimmter Helligkeit drehe, ich drehe mich um sie, und mein Sehnen ist so rein und so erhaben, daß es fast schon sie selber ist – aber das Fieber beruhigt sich wieder, und ich erkenne sie nicht mehr, und alles zerstiebt.

Das ist keine Sinnestäuschung: zehn Minuten lang habe ich mich gefragt, ob sie es ist, die junge Frau. Aber unser Begehren war noch nicht erhaben genug, daß wir sie hätten erkennen können. Und alles zerstob. Es hätte eines tausendfach übermenschlichen Bemühens bedurft, um dieses Gesicht wiederzusehen, das es nur einmal im Leben gegeben hat, und von dem Dir im April zu sprechen weder ich noch Du den Mut haben werden.

Was sind schon diese erlesenen Liebesgefühle, die wie Mücken meinen Lichtkreis durchflogen haben und dann gestorben sind wie Staubkörner, wenn die Sonne sich verbirgt; was sind schon die Mädchen, die mich baten, sie zu erleuchten, mich zu ihnen zu neigen mit meinem Licht – verglichen hiermit, mit dieser Liebe, die mich hinwegträgt und mich inspiriert, die mich aus mir selbst emporgehoben hat und dennoch die geringsten Juwelen meiner Erinnerungen und meines Herzens mit Licht überflutete.

An Rivière La Chapelle d'Angillon, 15. Dez. 1906

... Je weiter ich mich vorgestern von einem dunklen und durchnäßten Paris entfernte, um so näher kam der Schnee. In Beaune-la-Rolande war, was wir als Kinder

Schmuddelschnee nannten. Und bald danach lag über dem ganzen Land und dem ganzen Himmel dieses enge Wollkleid aus schwerem Schnee, das der Wind in die Höhe hob. Ich fühlte, daß ich einem Mittag und danach einem verlassenen schweigenden Abend unter dem Schnee eines Dorfes in einem hochgiebligen kalten Gebäude entgegenfuhr. Ich näherte mich dem stillen Nachmittag einer in Schnee und Sturm eingeschlummerten Ortschaft – und dem – mir allein bekannten – Empfang durch das hochgegiebelte Haus mit seinen kalten schweigenden Abendstunden.

Ein Mann ist in ein leeres Abteil neben dem eingestiegen, in dem ich allein war. Er brauchte den Vormittag, um, vom Schnee geblendet, in seinem Wagen zur Station zu gelangen. Er fuhr in den schweigenden und verschneiten Nachmittag des kalten Hauses. Es war der Klavierstimmer.

Ich fuhr mit ihm. Und den ganzen Abend hindurch konnte ich mir – als ich den weither gekommenen Stimmer in dem dunklen und ungeheizten Saal nebenan die Tasten anschlagen hörte – das verschlafene Leben dieses Tages, seinen melancholischen und eisigen Empfang vorstellen, als wäre ich selbst gar nicht dagewesen.

Das Land ist schwarz und grün, der Garten seines Schmucks beraubt. Der Bach unten auf der Straße tritt über die Ufer. Als ich hinabging, stiegen zwei Raben vom Feld auf und fielen etwas weiter entfernt wieder herab. Der Winter gleicht alten Bilderzugaben der Schokoladenfirma Poulain.

Ich werde sicher ein bißchen arbeiten und ein bißchen schreiben. Ich möchte (ich versuche Dir gegenüber meine

Formulierungen zu präzisieren), ich möchte das Geheimnis der unbekannten Welt zum Ausdruck bringen, die ich ersehne. Und da die Welt aus alten Erinnerungen, aus alten unbewußten Eindrücken besteht, so möchte ich das Geheimnis der besonderen Eindrücke wiedergeben, die mir die Welt hinterläßt. Aber diese Aufgabe ist so gewaltig wie mein Leben: ich will diese meine Welt zum Leben erwecken, die geheimnisvolle Welt meines Sehnens, diese neue und ferne Landschaft meines Herzens.

Gide hat das Geheimnis des spontanen Sinnenlebens zum Ausdruck gebracht.

Jammes hat die Welt vor sich ausgebreitete gesehen wie ein Gewebe, das Ineinandergreifen von Einschlag und Zettel. (So in den meisten Gedichten des ›Angelus‹, wo das Ineinandergreifen der Worte den bunten Fäden entspricht, die sofort die unmittelbar vor ihm ausgebreitete Zeichnung ergeben. – Unmittelbar vor ihm ausgebreitet: der Himmel zum Beispiel ist ihm kein Abgrund, in dem die Welten kreisen, er ist ihm an gerade diesem Abend ›einfach ein Dezemberhimmel über einem Städtchen‹).

Ich will weniger noch von der geheimnisvoll erfühlten oder entstellten Welt des vergangenen Lebens (denn es gibt ja auch Jammes und seine Schwindel erregenden Gedichte eines ehemaligen Lebens) als vielmehr von der gleichzeitig vergangenen und ersehnten Welt sprechen, die auf geheimnisvolle Art der Welt meines Lebens vermählt, auf geheimnisvolle Art von ihr angedeutet ist. Ja, das Geheimnis mischt sich überall ein; dennoch glaube ich nicht, daß es sich dabei einzig um das Geheimnis eines ›Willens‹, einer ›Gottheit‹ handelt, sondern vielmehr um ein Leben, an das ich mich gleichzeitig mit meinem vergangenen Leben erinnere, um eine Landschaft, welche die wirkliche Landschaft mich ersehnen läßt. Ich werde nicht, wie Gide, in der wirklichen Landschaft Worte finden, die das Geheimnis andeuten, ich werde die andere – die geheimnisvolle – Landschaft schildern.

Liebe ich etwa das wirkliche Leben nicht? Im Gegenteil, ich kann nie genug davon sehen, es nie genug verspüren, denn jenseits davon muß ich ja das andere Leben spüren und sehen, denn vielleicht ist das andere Leben ja gerade jenes, das ich nicht wesenhaft genug zu verspüren und zu sehen vermag.

Gedenke ich vielleicht wie die anderen die Welt von der Poesie und die Welt vom Leben zu trennen? Nicht doch, da ich doch gerade im Leben diese Welt finde, der mich momentweise ein starker Überschwang des Lebens entgegenträgt.

Habe ich der Phantasie zu großen Spielraum eingeräumt? Wenn ich in meinem Zimmer eingeschlossen bleibe, wenn ich meiner Phantasie unterworfen bleibe, ersticke ich, gehe ich zugrunde.

Rimbauds Skizzen. Der Mensch, der als erster empfunden hat, es gibt eine andere Landschaft, und sie entspricht dem Schwindel erregenden Eindruck, den ein Sommermorgen in ihm hervorgerufen hat. Sicher sind es Phantasiegebilde, die er darstellt, aber sie haben nichts Krankhaftes, es sind Eindrücke, wie wir alle sie von einem Sommermorgen, einem festlichen Abend, einer sehr entfernten Kindheitserinnerung empfangen haben – aber so stark bei ihm, daß sie zum Ausdruck, zur Schilderung hingelangten.

Er notiert den ersten Eindruck. Danach eine ihm entsprechende Prozession von Phantasmagorien.

Dieses gewaltige Individuum, das all dies als erstes vollbracht hat und das gewußt hat, was es vollbrachte, was es vollbracht hatte:

›... Ich schmeichelte mir, eine poetische Terminologie erfunden zu haben, die allen Sinnen zugänglich ist ... Ich schrieb die Stunden des Schweigens nieder, die Nächte, ich brachte das Unaussprechliche zu Papier. Ich hielt die Lockung des Abgrunds fest ... (Une Saison en Enfer, 1873)‹

Die Symbolisten sollten anders heißen. Sie sind Leute, die ›ersetzen‹, aber ›als Funktion‹ des einmaligen Eindrucks. Den Ersatzbegriff gibt es als solchen nur bei den Nichtskönnern oder den Reklamemachern.

Ich meinerseits gehe – vielleicht auf sehr mystische Art – davon aus, daß die zu ersetzende Landschaft da ist, daß es gilt, sie zu erreichen, um sie schildern zu können.

N. B. – Diese Theorie hebt meine früheren Theorien in keiner Weise auf.

... Ich bin ein Bauer.

Ich muß gestehen, manchmal gehen mir die ›Untugenden‹ der Bauern auf die Nerven, ich habe genug von meinen bäurischen Untugenden, manchmal.

An Rivière La Chapelle d'Angillon, 26. Dez. 1906

An diesem Abend des Rauhreifs, des Schnees und des Einrückens der Rekruten, heimgekehrt, nachdem ich um der Form willen mit den Rekruten dieser Gegend, wo ich geboren bin und die nicht die meine ist, Weißwein getrunken habe, fühle ich ein Bedauern in mir aufsteigen.

Dieser Landstrich ist nicht der meine, weil keiner der meine ist, außer vielleicht der Marktflecken, wo ich zur Schule und zum Religionsunterricht ging. Und ich möchte mich gerne mit dem Rekrutenband schmücken gemeinsam mit jenen, die mit mir dorthin gingen. Ich kenne sie bei Namen. Sie kennen meine Erinnerungen bei ihren Namen. Ich möchte mit ihnen das Lied der Rekruten singen.

Ich erinnere mich, wie sie im Mai nach dem Unterricht bei uns im Schulhaus blieben, um ihre Heimarbeiten zu machen. Die dreiflügeligen Fenster waren weit geöffnet, der Geruch der umgepflügten Erde drang ins Zimmer, zugleich mit den Ästen der Bäume und den Rufen der wunderbaren kleinen Mädchen, die in Begleitung von Damen die Straße entlanggingen. Vielleicht werden ihnen diese armseligen Worte die lichtdurchfluteten Nachmittage im Garten und in der Schule ins Gedächtnis zurückrufen, jene Nachmittage, deren volle Reinheit und Geheimnisfülle ich nicht wiederzugeben vermag.

Wunderbare Landschaften meines Herzens. Fez-la-Lointaine ist nicht schöner, nicht ehrwürdiger, nicht tiefer in Geheimnis gehüllt als ihr. Ich möchte von all euren Tagen und von all euren Stunden berichten ... und ich würde euch – denn, nicht wahr, die Frau war mir nie etwas anderes als Landschaften, als die Mahnerin an Stunden, an Gegenden und Landschaften – ich würde euch mit ihr vermengen, zu der Rousseau gesagt hat: ›Oh Julie, meines Herzens ewiger Liebreiz‹, und euer Liebreiz würde kühnlich der ihre sein. Ich würde ihr sagen:

›Ihr seid die Dame der vierten Stunde, nach der Schule
im Winter, die ihr Antlitz mit feuchtem Schleier
verhängt . . .‹

. . . .

und das wären all meine Verse.

Und dennoch schien es mir in den letzten Tagen, als genüge mir die Unendlichkeit meiner kleinen Landschaft endlich nicht länger. Jedem, der um die Einsamkeit, die Schwere und die sanfte Langeweile dieses hochgiebligen Hauses, der um die Nichtigkeit der umgebenden Landschaft wüßte, würde dies kaum eine Überraschung bedeuten, und ich müßte ihm einigermaßen lächerlich erscheinen, so lange widerstanden zu haben . . . Aber ich bin der, welcher um die Unermeßlichkeit und das Geheimnis aller Leben weiß. Ich habe mir eines Tages gesagt, ich werde der sein, der ›nächtens an den armen Seelen vorübergeht‹, der an den armen Leben vorübergeht. Ich würde an ihnen vorübergehen am Ufer meiner inneren Landschaft, wo alle Dinge in ihrer geheimen Schönheit erblickt werden.

Und dennoch bin ich weiter nichts als dies. Man hat einmal gesagt, ich sei ein Aristokrat; ja, und oft auch der demütigste im Herzen und im Geist! Ein Literat, ja, und wie leidenschaftlich liebe ich doch die Wissenschaften! Ein Träumer, ja, und mein ganzer Körper verlangt danach, zu handeln.

(Fez-la-Lointaine!) Auf einer der Straßen, die in die Sologne führen, ging ich mit irgend jemandem. Von dort gelange ich zu Fichtenwäldern, zu sandigen Pfaden, dann plötzlich, hinter einer Waldöffnung, beginnt die Einöde.

Unberührte Einsamkeit. Stranddisteln und Steine bis zum Horizont. Am Horizont die Sonne.

Diesen Sommer hat mein glühender Kopf dort mehr gelitten als irgendwo sonst. Ich sagte: ›Spartgrasbewachsene Einöde! Einöde voller Nattern.‹ Ein Weg ging hinunter zu einem Bauernhaus, aber ich schritt hinauf in die Ebene, ziellos, auf die nackte Sonne zu.

Diesen Winter wollte ich den Weg zu dem Bauernhof hinabsteigen. Die Spuren der Kälber im Schlamm waren eingefroren. Empfindliche Füße hätten dort nicht gehen können, so stieg ich wieder zu der dürren Ebene hinauf. Im Hintergrund, unendlich fern, die rötliche Sonne, und riesige unbewegliche Wolken, ›Wolkenballen‹ hat sie einer genannt, senkten sich hernieder und trieben dahin. Einöde.

Fortgehen und niemals ankommen. Die Beine um junge Pferde gepreßt. Die Dürre durcheilen. Am Unbekannten leiden, sich berauschen an der Berührung mit dem Geheimnis, leiden, sich nicht gewöhnen zu können. Fortziehen und wieder fortziehen, unter freiem Himmel schlafen, in die Wolldecke gehüllt, auf den Plätzen der Städte, von neuem aufbrechen, Karawanen, Karawanen!

Später. – Im Vorübergehen alle Leben noch einmal leben, neu beleben. Aber vorübergehen. Nicht sich aufhalten, nicht sich gewöhnen, nicht sich ein Leben und ein Glück zurechtmachen.

Nicht ›sein Privatleben‹ akzeptieren. Laforgue. Bis zum Weißbluten leiden beim Geräusch von Geschirr, einer Kaffeetasse, von Völlerei. In wilden Schmerz verfallen beim Gedanken, man könnte eines Tages womöglich auch Visitenkarten oder Höflichkeitsbriefe versenden, heiraten, Kalender kaufen – oder dieses oder jenes andere Leben annehmen.

Ja doch, ich will mein Herz quälen mit der ganzen Unwiderruflichkeit eurer Heiratsanzeige, eures ganzen ›Ehedebakels‹ – aber mir nicht daran genug sein lassen.

Mein Teil ist es, die Akkorde, die Beziehungen, die dissonanten Risse aufzunehmen. Nicht aber, im Orchester Platz zu nehmen.

Später. – Am heutigen – nach Blumen aus Nizza duftenden – Vormittag der herbe und modrige Geschmack einstiger Frühlingstage. Päonien. Päonien mit steifen grünen Blättern, während das unbekannte Pensionatsfräulein – zugleich mit dem vergangenen Frühling und der unbekannten Liebe – nachdenklich vorüberschreitet.

Später. – Oberhalb meines Kinderdaseins zogen entzückende unbekannte Dinge vorbei. Heute, wo ich diesen Dingen überlegen bin und sie kenne, finde ich nur noch den Eindruck des Entzückens in mir. Diese Dinge waren nur der Vorwand. Und dennoch müssen diese Seligkeiten dargestellt werden.

Werde ich all diese Leben nacheinander annehmen, um die unbekannte Süßigkeit auszusagen, die sie umhüllt – oder werde ich das ersehnte Unbekannte auszusprechen vermögen, nachdem ich mich über all dies gestellt habe?

Ich kann mich nicht mit einem Leben – mit diesem ›Privatleben‹ – zufrieden geben.

An dem Abend, an dem ich diesen Brief begonnen habe, mußte ich zum Abschiedsessen der Rekruten gehen.

Obgleich dieses mein eignes Leben mich wie immer daran hinderte, mich so völlig unter sie zu mischen, wie ich es gerne gewollt hätte, kamen mir doch die Tränen in die Augen, da ich ihr grobes Wesen nur zu gut verstand, nur zu sehr liebte. Wildes Getanze, scharlachrote Bänder, unerträgliche Zoten, Wehleidigkeit. Wie sehr kamen ihnen doch diese Vergnügungen zu, wie sehr gehörten sie ihnen, wie angemessen war es, daß sie ihnen ausgeteilt wurden. Gott, der sie zuteilt! Gott, der jedem das Seine zuteilt.

So sagte ich mir, als ich beim Abschiedsfest in Argent vom Marktplatz fort durch eine dunkle Straße ging, wo ich die Lichter des Balls noch sehen, das Feuerwerk noch hören konnte, in leidenschaftlichem Einverständnis mit all der stillen zerronnenen Vergangenheit: ›Habt eure Freude an den Klängen und den Farben, die Gott euch gegeben hat.‹

Zum Abschluß dieser vier Seiten, die ich mit langen Zwischenräumen wieder aufgenommen habe, und die meine Ferienzeit so ziemlich zusammenfassen:

Gedanken über den Schnee. – Ich liebe den hiesigen Schnee, den Schnee dieser Tage nicht. Er ist ein allzu provisorischer, allzu vorübergehender Schmuck. Man rechnet zu sehr damit, daß er schmilzt, man lebt nicht mit ihm. Er ist nur eine grobe Dekoration.

An mir ist es, das Tauwetter auszusagen, den schmutzigen Regen, den kein Mensch mehr beachtet, an den alle gewöhnt sind. An mir, die allgemeine und tägliche Langeweile zu benennen. Mein sind die allzu bekannten Noten, die man schon nicht mehr vernimmt. Aber damit ich sie vernehme, muß ich weitergehen, ohne mich aufzuhalten.

Verlangen nach Askese und Selbstkasteiung: ein altes dumpfes Verlangen. Verlangen nach Reinheit. Bedürfnis nach Reinheit. Schmerzliche und blutende Eifersucht – ihr alle hättet im Katholizismus Ruhe und Befriedigung gefunden.

Ewiges Ungenügen unserer großen Seele (Gide-Laforgue)

Unerwiderte Liebe für alles Bestehende

Unerwidertes Mitgefühl mit allem was da leidet

Ewige Leere unseres Herzens, der Katholizismus hätte euch Erfüllung gebracht.

Nimmermüde Begierden, Begierden, das Leben zu erobern und das, was jenseits des Lebens ist

Euer Schmerz hätte sich beruhigt und euer Ruhm sich gesteigert bei dem Versprechen des Paradieses eures Herzens und seiner Landschaften, das man euch gegeben hätte.

Aber das ist schon nicht mehr Katholizismus.

Werden wir von dem unvergeßlichen Abend des 5. Januar 1907 berichten, an dem wir all dies mit dem Katholizismus vermengen wollten, an dem alles geschah, was wir seit langem befürchtet hatten, an dem endlich das große Gespräch von Seele stattfand?

In dem ›Roten Zimmer‹ von ehemals spielt sich alles ab, das Fieber und der Rausch der Angst, der Schmerz und die Süßigkeit des Abschieds von allem, die bis zu Tränen geheime und rückhaltlose Unterredung wie zwischen Mutter und Kind.

Aber die Unterredung fand keinen Abschluß, und

was gesagt worden war, genügte nicht, um unsere große Seele zu erfüllen.

Wir werden von dieser Nacht nicht berichten, schon darum, weil Claudels Beschwörungen und die unvermutete Bewegung eines Aufbruchs dieser plötzlichen Herausforderung unserer ältesten Konversionsängste doch viel von ihrer Spontaneität nahmen.

Dennoch will ich folgendes sagen.

Am Morgen fühlte ich eine überaus heftige Bewunderung für Claudel und ›Le Partage du Midi‹; dann aber ein Aufbegehren gegen den Missionar, ein brennendes Verlangen, ihm gegenüberzutreten und ihm mit all meiner Anmaßung zu antworten: ›Ich bin so und so – und was ich an Ihnen bewundere ist dies und das. Sie sehen also, Sie haben keine Gewalt über mich!‹

Gegen sechs Uhr, zwei Stunden vor der Krise, erhielt ich eine idiotische Postkarte von G., auf die ich mit folgendem – nicht abgesandten – Brief erwidert habe:

›Mein armer Freund,

Soeben erhielt ich ... usw. ... das jüngste Drama des ungeheuerlichen Seelenhirten, des grausamen Missionars.

Rivière, der es mir schickt, werde ich durch Beifügung Deines Briefes antworten; er wird verstehen, daß ich Dir nicht, wie er mich bat, seine Neujahrswünsche ausgerichtet habe.

In dieser Stunde, da ich mich empöre, da ich der furchtbaren Überwältigung zu entfliehen trachte, da ich mit meinem ganzen Leben, meiner ganzen Liebe, mit allen Sinnen Widerstand leiste – flößen Deine kleinlichen Schmähungen, Deine nur allzu lange vorausgesehene Verständnislosigkeit mir Mitleid ein.

Ich werde mich nicht kurzerhand von Dir lossagen wie von C. Ich schätze an Dir immer noch eine große, ihrer selbst unbewußte Reinheit, die Schönheit Deiner Seele, Dein Verlangen nach Begeisterung und vor allem Deine Güte. Aber dieser fundamentale Infantilismus... usw....

Ich will mich nicht streiten: Falls ich nicht Christ bin, wenn ich Dich wiedersehe, werden wir zusammen ins Theater gehen, werden wir auch weiterhin nicht von ernsten Dingen sprechen.

Aber ich werde nicht länger Dein Freund sein...‹

Ich schreibe Dir diesen Brief ab, obgleich er kindisch ist, weil er ein Dokument ist. Wollte ich Dir das Weitere berichten, ich wäre nicht imstande dazu. Ich erinnere mich nur noch, daß es keineswegs abstrakt war, wie meine Eingangssätze vermuten lassen würden. Ich weiß auch, daß es vollkommen war.

Wieso also war tagsdrauf nichts mehr davon übrig?

Warum werden wir keine Katholiken sein?

1. Weil unsere Liebe nicht abstrakt sein kann.

In allen Dingen haben wir Gott ersehnt. In allen Dingen fanden wir Gott und das innigste Gottesverlangen. In jedem Ding ist Gott insofern, als es dieses Ding ist und kein anderes. Von jedem Ding ist Gott abwesend, weil es nichts anderes ist. Gott ist nirgendwo außer überall.

Ich würde gerne genau ausdrücken, was ich unter diesen abstrakten Worten verstehe. Aber dafür wäre viel Zeit nötig. Außerdem würde ich vielleicht durcheinandergeraten. Vielleicht würde ich dazu gelangen zu sagen... aber das liegt noch in der Ferne. Im Augenblick wollen wir tun, als hielten wir uns an Gide.

2. Claudel führt uns anscheinend zu Gott nur auf dem Wege über eine sentimentale Resignation.

Zunächst glaubte ich an eine Eroberung, ich glaubte, Claudel habe die Welt und das Leben erobert, ›begriffen‹ und ließe uns nun bis zu Gott emporsteigen.

Aber anscheinend kommt es in einem gewissen Augenblick zum Stillstand, zur Erregung, zur Rückkehr. Plötzlich finden wir den Eingriff des hergebrachten Schmerzes, die Einmischung des altgewohnten traurigen Gesichts (In ›La Ville‹).

Er erschafft Welt und Leben neu, aber dem Herzen und dem Schmerz vermag er nur denselben alten Gott zu geben.

(Aber wie sehr beunruhigen mich noch ›Le Repos du Septième Jour‹, die Äußerungen von Pierre de Craon und die Abhandlung über Geist und Wasser, die Du mir ankündigst.)

3. Unsere Theorie. Wir wären versucht gewesen zu glauben: Das Leben ist unendlich; im Raum hat es die endlose Weite unserer Arme, will sagen, unserer Wünsche; in der Zeit hat es die endlose Weite unserer Seele, will sagen, unserer Erinnerungen und unserer Wünsche. Das ist unendlich. Das muß uns genügen.

Aber siehe da, es genügt uns nicht.

4. Jedes Leben ließ mich ein anderes Leben ersehnen. Vielleicht darum, weil ich noch nicht hoch genug gelangt bin, um Gott zu ersehnen. Das ist es, wovor ich mich fürchte.

5. Aber all dies, so sagen wir, genügt nicht, unsere große Seele zu erfüllen, nein, nicht einmal der Katholizismus.

a) Weil wir nicht aufhören wollen, ein anderes zu suchen, ein anderes zu ersehnen.

b) Weil wir zu sehr Psychologen sind. In unserer Seele würde stets ein Lächeln bleiben, das der Katholizismus nicht auslöschen würde (das gleiche Lächeln, das mich hinderte, von dem Abend des 5. Januar 1907 zu berichten).

c) Weil ich mich nicht mit einem Privatleben begnügen will.

d) Wenn ich Katholik wäre, dann wäre ich es so unumschränkt wie nur möglich. Ich wäre Seelenhirt. (Welchen Schrecken habe ich immer vor diesem Wunsch empfunden.) Aber ›dies‹ ist ein Leben wie ein anderes. Das Leben der Krankenschwestern. Das Leben derer, die ihr Leben nicht leben wollten. Das Leben des Siechenhauses.

e) Oder aber, sich – wie Mesa – auf sein Privatleben beschränken, bevor man Gott besitzt und um ihn zu verdienen.

Das ist grauenhaft. Gott nicht zu besitzen, indem man sich begnügt. Zu wissen, daß er woanders ist.

f) Schlußfolgerung. Selbst die leidenschaftlichste Beschränkung auf dieses mein eigenes Leben genügt nicht, wenn ich glaube, dadurch Gott zu verdienen und ihn beim Ausgang zu finden. Nicht die vernichtende Existenz (Nietzsche) ist vonnöten. Nötig ist, daß das Leben über sich selbst emporsteigt (id.). Nötig ist, daß ich weiß, ich werde Gott nirgendwo anders finden als überall.

Ich werde niemals anhalten. Ich werde mich leidenschaftlich verschwenden. Dazu hat Gott mir das Leben verliehen, und er hat nicht beabsichtigt, sich auf andere Art zu offenbaren. Hinter jedem Augenblick des Lebens suche ich das Leben meines Paradieses; hinter jeder Landschaft ahne ich die Landschaft meines Paradieses. Ich bin zufrieden.

Einzelfragen, und im besonderen:

Projekt weiblicher Heilmittel. Ich stelle mir häufig vor, was ich von meiner Frau fordern würde, wenn ich jemals dazu käme, das zu erreichen; oder vielmehr: Ich unterhalte mich damit, praktische Ratschläge für sie zu suchen, die meine Frau sein wird.

1. Initiative und divinatorischer Instinkt. Ich werde von meiner Frau kühne Initiativen verlangen. Das wird ihre Art sein zu verhindern, daß ich sie erschaffe, ihr einziges Mittel, da zu sein. Aber um sie zu wagen, wird sie das übermenschliche Taktgefühl besitzen müssen, das ich bei meiner Frau finden will, oder vielmehr vielleicht die Sympathie, zu erraten, was in mir vorgeht.

(Ich bitte Dich, sage mir, ob Du mir folgst – wenn nicht, dann erkläre ich es genauer.)

2. Das Folgende ist furchtbar und kann wie ein Rückzug erscheinen, wie eine Preisgabe des ganzen Bodens an Claudel, den ich ihm abgewonnen hatte: Sie müßte auf den Teil des Lebens verzichten, den sie mir mitgebracht hat. Sie müßte alles mitleben und alles annehmen, selbst das Bedauern, gekommen zu sein.

Wir würden Abende miteinander haben wie die bei dem jungen Ehepaar B.: verheiratete und andere Kinder auf dem riesigen Sofa, die bis tief in die Nacht miteinander schwätzen. Abende einer gleichsam beständigen Intimität: Scherze, Freundschaftsversicherungen, Vertraulichkeiten – dann, in der Nacht, gemeinsam oder einzeln aufbrechen, in Harmonie . . .

Ich möchte von meiner Liebe sprechen.

In dieser Stunde ist mir ihr Gesicht schon mehr oder minder entschwunden, nur sein Ausdruck und seine Schönheit bleiben mir noch.

Ich möchte nur, daß Du mir glaubst, wenn ich Dir sage, sie war so schön, daß es keine schönere auf der Welt geben kann.

Zu mir ist diese Liebe gekommen, zu mir, der ich nach einer großen unmöglichen und fernen Liebe verlangte. Und jetzt leide ich.

Zu mir hat dies so schöne Haupt gesprochen, zu mir, der ich an die Sprache des Gesichts glaubte.

Mein Freund, ich möchte Dir ihre ferne und nicht zu bannende Schönheit mitteilen. Tagtäglich finde ich eine Erläuterung ihrer Schönheit, und tagtäglich ist es ein Gedanke, den ich zum Ausdruck bringe, und alle sind wahr. Mein Freund, auf welcher Höhe wäre ich also angelangt, hätte ich sie erreicht?

Und dabei ist sie etwas ganz Besonderes, das keine Ratschläge von mir zu empfangen hat.

Wenn wir zusammen sein werden, werde ich Dir vielleicht im Ungefähr der Gespräche und Erinnerungen ihre Schönheit schildern können.

An einem Tage der Unehrerbietigkeit und Krankheit habe ich sie bei einem Namen genannt, der momentweise zu ihr paßt: Amy Slim (Schlanke Geliebte, aber die englischen Worte besagen mehr).

Dies eine noch: Man hat mich nicht verstanden, man hat nicht verstanden, wie überaus treffend es war, als ich sagte: ›Und eure Seele, die alter Seide gleicht. Man glaubte, das sei eine ›Reminiszenz‹ an Samain.

An Rivière La Chapelle d'Angillon, 8. Juni 1907

Ich bin in La Chapelle. Meine Eltern haben mich vorigen Donnerstag für die letzten acht Tage hergeholt;

sie schickten mir ein nicht gerade sehr klares Telegramm mit der Bitte, unverzüglich abzureisen.

So kommt es, daß ich mich zu Anfang Juni, mitten während der Geschichtswiederholungen auf dem flachen Land und in frischer Luft befand, ohne recht zu wissen, wie es dazu gekommen ist.

Überall in der Bauce war das Land mit rosa, gelben, grünen Vierecken in endloser Folge überdeckt. Ein schlichtes gemeines Ergötzen, aber in mir erweckte es ein einzigartiges fernes Behagen, an das ich lange nicht mehr zurückgedacht hatte: jenes Ergötzen, das man als Kind empfand, wenn man zum ersten Mal die großen farbenfrohen gelben, grünen und roten Blätter ausbreitete und zerschnitt, um aus ihnen kleine Rosetten zu kleben; das hieß dann ›Handarbeiten‹. Ein einzigartiges und dennoch wieder neues, verstärktes und verständnisvolles Vergnügen: diesmal war ich mir der Farbwerte bewußt, ich schmeckte mit den Augen den Weißkohl, die Esparsette, die Wicke, den Weizen; den grellgelben Weißkohl, die grüne Esparsette...

Heute früh kam Dein Brief. Ich fühle mit Dir. Aber ich bin sicher, Du wirst Deinen Mut zurückgewinnen. Du wirst Claudel zurückgewinnen. – Ich werde den kleinen guten Weibsen Deine Empfehlungen ausrichten. Ich habe ihnen geraten, am Sonntag Dir zu Ehren zu ›Pelléas‹ zu gehen. Gestern bedauerte ich sehr, nicht dabei zu sein; ich sang Stücke aus der ›Briefszene‹ vor mich hin und erinnerte mich an die hohen Wogen des Orchesters.

Hier fand ich das Land, nach dem erfrischenden Regen, unglaublich üppig und grün. Ich hatte diesen Anblick schon fast vergessen: lebhaft, lebhaft und still, nach der Blüte, vor der Frucht. Ich kann mich nicht davon zurückhalten, mich auch wie die feuchte Erde von diesem überwältigenden Blattgewirr überfluten, ersticken, umschnüren zu lassen, aber meine Lust ist unruhig, unvollkommen. Ich fühle, daß ich mich ihr nicht überlassen kann, daß ich Mittwoch wieder abreisen muß.

Hier habe ich Güte und Trost gefunden. Wenn ich merke, daß ich so sehr erwartet bin, daß mir so aufmerksam gelauscht wird, vergesse ich, daß es mir verboten ist, meinem geliebtesten ›Selbst‹ entsprechend zu reden. Momenteweise spreche ich, und man versteht mich nicht mehr, und man antwortet mir nicht.

Ein großer Trost bei meiner Ankunft: Meine Eltern haben eingesehen, daß die Ecole Normale mir jetzt, wo meine Großmutter in Paris lebt, nicht weiter von Nutzen sein könnte; sie haben mir angeboten, sie sein zu lassen und mich in aller Ruhe auf die Schlußprüfung vorzubereiten. Ich habe das aber abgelehnt und arbeite weiter, ohne Hoffnung, an den zu erwartenden Themen.

Ja, es ist herrlich, phrasenlos miteinander zu sprechen. Aber wenn man schreibt, wenn ich schreibe, dann kann ich nicht anders: ich muß suchen, muß feierlich werden, wenn ich die Wahrheit zum Ausdruck bringen will. Dieses Drum und Dran, diese Gesuchtheit sind ein Mittel, kein Ziel. Du weißt das genau. Aber wie sehr komme ich doch herunter, wenn ich mich so damit zufrieden gebe, Formeln und Theorien über das aufzustellen, was ich empfunden habe. Wie soll ich zum Beispiel in Worte fassen, was ich gestern abend dachte, als ich sah, wie der Abend auf der engen weißen Straße, die zwischen den Pappeln das Grün durchschneidet, zwei Menschen in die Ortschaft zurückführte.

Von Jacques Rivière Bordeaux, 5. Juli 1907
an Fournier

... Du lächelst ein wenig, wenn Du mich fast bis in mein Leben und mein Fleisch und Blut so sehr Einflüssen unterworfen siehst. Du hingegen ziehst aus allen Menschen, die Du bewunderst, sehr schnell heraus, was Dir wesentlich erscheint, was sie Dir an Neuem zutragen, denn Du hast Dein Werk zu vollbringen, das Dich zu stark in Anspruch nimmt, als daß Du in der Welt etwas anderes als Materialien erblicken könntest. In gewissem Sinn begreifst Du nichts. Aber ich, ich, der weiter nichts besitzt als das Begreifen, ich, der ich mich gleichsam leer jedem Ansturm anbiete, ich muß mich unterwerfen, ich muß mich zunächst zu Fleisch und Seele dessen machen, den ich aufnehme, um ihn zu begreifen, um ihn zu besitzen. Und danach muß ich mich seiner entledigen, um wiederum aufzunehmen. Und um so vollkommener das Begreifen war, um so mühseliger und grausamer ist die Loslösung. Es sind Nervenstränge, die dabei zerreißen.

Aber vor allem heißt es für mich, sich frei und nackt zu bewahren.

Du bist ein Schöpfer; darum sind die anderen nur dazu da, Dich über Deine Kräfte in Kenntnis zu setzen, Dir zu ihrer Entdeckung zu verhelfen. Du liebst sie vor allem um des Dienstes willen, den sie Dir leisten.

Jacques

An Rivière Paris, Donnerstag abend, 25. Juli 1907

Mein Freund,
dies mußte ich noch erfahren:
Mademoiselle de Q. ist seit diesem Winter verheiratet. ›Die junge Dame lebt zur Zeit in Versailles‹, hat man hinzugefügt.
Zerrissenheit. Zerrissenheit ohne Ende.
Ach, jetzt kann ich wirklich aufbrechen!
Was bleibt mir hier noch außer Dir, mein Freund.

Henri

Ich weiß es seit einer Viertelstunde. Der Schmerz, den ich nicht sogleich empfand, erhebt sich nun.

An Rivière La Chapelle d'Angillon, 27. Juli 1907

... Am selben Abend noch ging ich mich erkundigen – um dessen sicher zu sein, was ich schon wußte! Und jetzt vermischt sich dieser Schmerz (über die nicht bestandene Prüfung) mit dem anderen. Und jetzt bin ich allein, und ich kann nun wirklich fortreisen.

Diese Nachricht fiel auf außergewöhnliche Art mit meinem Entschluß zusammen, das Land zu verlassen. Wie leicht empfing ich diese Mitteilung zur ihr bestimmten Stunde! Es ist nicht das erste Mal, daß ich auf diese Art die ›vorbestimmte Zeit‹ von Ereignissen feststelle.

Du wußtest nicht, was es mir war. Es war wie eine Seele, die ewig bei mir weilte. Ich hatte ihr Gesicht fast völlig vergessen. Aber ich wußte, daß sie da war, und wer sie war. Ich führte sie überall hin, und im Beisammensein mit ihr war mir nichts mehr zu hart. Ich entsinne mich noch jener gemeinen und wilden Nacht vor zwei Jahren, als wir zwischen den Winzern steckten; für ›uns‹ war es nur wie ein Lächeln, wie ein Scherz, es gemeinsam zu lieben, gemeinsam dabei zu sein. Im Besitz ihrer Liebe verachtete ich alles und liebte ich alles. Ihre Erhabenheit und meine Liebe, ihre Grazie und meine Kraft. Wir waren mitten in der Welt allein.

Nun bin ich allein mit dem harten niedrigen Leben. Alles wird wieder so schmerzlich wie zuvor. Gestern empfand ich, wie sehr ihre Gedanken, selbst unbewußt, immer mit mir waren. Mir war es gestern, als tue es mir sogar weh, ohne sie den ausgedörrten Hof des Hauses zu durchqueren. Sie ist nicht mehr da. Ich bin allein.

Ich bin allein. Und trotz dieser Herzensnot, trotz dieser Zerschlagenheit muß ich mich wieder erheben. Ich brauche den Ruhm. Ich brauche die Seelen. Ich muß größer sein als alles.

Und das bedeutet, daß ich mir ganz leise, wie einem Kind, zum Trost vorsage: ›Es gibt andere, schönere, schönere Seelen. Diese war klein, eng, nur eine – es gibt all die Seelen, du brauchst alle Seelen, eine Seele schöner als alle Seelen. Willst du sie haben? Du darfst nicht weinen.‹

Und ich schüttle den Kopf, und ich möchte weinen.

Denn, in eine andere Sprache übersetzt, bedeutet das auch noch: Während du, auf abstraktem Wege, in allem das Ungenügen verspürst und dich von vornherein für unbefriedigt und hoffnungslos erklärst, schreite ich leidenschaftlich auf alles zu, bis sich das Trugbild mir unter den Händen in nichts auflöst. Und dann bietet man mir, biete ich mir die vollkommene Befriedigung, die Reinheit, die Schönheit, das Ewige, das ich suche. Man bietet mir Gott.

Und ich weine, hartnäckig, das Haupt zu dem niederbeugend, das mir unaufhörlich genommen wird. Und ich bleibe allein, zerschmettert, aber gehärtet.

An Rivière La Chapelle d'Angillon, 21. August 1907

... Was mich betrifft, so werde ich sicher nicht tun, was ich möchte. Ich leide unter der ›Trostlosigkeit‹. Meine Landschaften haben nicht länger ihr Gesicht, ihr geheimnisvolles und bezauberndes Antlitz. Meine Straßen führen nicht länger zum Land dieser Seele, ein Land so ›seltsam‹ und geheimnisvoll wie sie. Ich habe die herrlichen und bitteren ›Einladungen‹ verloren, die sie in mir erweckte und die mein ganzes Leben waren. Jetzt bin ich allein mitten auf der Erde.

Wie in einem verschlossenen Raum (ich sagte es Dir einmal) so vermag ich auch nicht im Schmerz noch in der Verzweiflung zu leben. Ich muß siegen, ich muß begehren, ich muß phantasieren, ich muß leben.

Ein wie lebendes Ding ist doch die Liebe! Sie ist das einzige, das mich dazu bringt, um mich zu schlagen und die Mauern anzutasten, die meine Seele einschließen.

Auch hierin sind wir verschieden, aber weit mehr äußerlich als im Grunde genommen. Das Wesentliche in uns ist identisch; im übrigen unterscheiden wir uns gerade so sehr voneinander, daß wir uns gegenseitig unsere Existenzen beweisen, steigern und ergänzen können. Ich weiß von den Abenden, an denen wir besonders verschiedener Meinung waren, an denen wir unsere Differenzen für unvereinbar hielten; diese Abende (in Paris wie in Bordeaux) bedeuteten nur ein Bedürfnis, allein zu sein, um sich neu zu sammeln.

Ich unterhalte mich mit dem Gedanken, daß wir in intellektueller Hinsicht ebenso verschieden sind wie in praktischen Fragen. Und ich unterhalte mich damit, überheblich zu Dir zu sagen: ›Martha, Martha, du hast viel Sorge und Mühe!‹ Aber wie sollten wir auch leben, wie sollte der Herr in unser Haus eintreten, wenn Du Dir nicht zuvor die Mühe machen würdest, es mit so viel Kunst und Genauigkeit zu bereiten. Die Philosophie ist nötig, und nötig sind auch Wegweiser und Fahrpläne.

Von Jacques Rivière an Fournier Cenon, 25. August 1907

... Und nun wirklich etwas, was ich Dir gerne im Verlauf einer Diskussion erwidert hätte, wenn ich nicht gefürchtet hätte, es könnte wie eine ungerechtfertigte Vergeltungsmaßnahme aussehen.

Gewiß, ich bin systematisch, philosophisch und theoretisch veranlagt. Aber wie wenig bin ich es doch im Leben! Wie sehr weiß ich doch die Nichtigkeit von alledem zu erkennen! Wie wenig bin ich doch der Mensch, der das Bedürfnis hat, aller Welt zu zeigen, daß er dies und jenes für richtig hält und daß er seine Grundsätze pflichtgemäß anzuwenden gedenkt.

Bei Dir wirken sich vielleicht nicht eben Deine Systeme auf Dein Leben aus, denn Du hast keine, wohl aber tut es Deine allgemeine Betrachtungsweise. Vieles von dem, was Du sagst, ist willkürlich, hat eine bestimmte Absicht. Du willst, daß Deine verborgenen Gedanken eindringen, übrigens ohne sie darzulegen. Ein Beispiel: als Du zu zeigen versuchtest, daß man im Auto nicht Angst haben kann. – Andere schlagendere Beispiele fallen mir im Augenblick nicht ein. – Ich meinerseits kann dazu kommen, eine Art von künstlicher Aufrichtigkeit anzunehmen, das heißt, ich kann zum Beispiel ganz ernsthaft über die Autogeschwindigkeiten oder über die Annehmlichkeiten dieses oder jenes Gesichtspunktes diskutieren. Beim Regiment liebte oder haßte ich ganz aufrichtig bestimmte Kameraden. Ich hatte mein völlig freies und spontanes Instinktleben, das von meinen Spitzfindigkeiten ganz unberührt blieb.

Vielleicht ist all dies einigermaßen verschwommen. Ich lege ihm keine Bedeutung bei.

Es ist schon richtig, daß unsere Verbindung trotz allem und seit langem andauert. Beim nochmaligen Durchlesen Deiner Briefe, um die Dir nützlichen herauszusuchen, habe ich stärker denn je empfunden, wie nahe Du mir warst. Ich hatte offen gestanden erwartet, diese Briefe etwas verblichen zu finden. Sie haben mich durch ihre Kraft und ihren Reichtum überrascht. Sie sind bewundernswert. Wirklich. Du weißt, daß ich das nicht sage, um Dir zu schmeicheln. Du hast von jeher verstanden, alles beim ersten Blick mit frappanter Genauigkeit zu erkennen. In einem der Briefe vom vorigen Jahr stoße ich auf den Plan zu meinem Artikel über ›Pelléas‹ (daß die Musik das Drama sprengt und überflutet). Du hast unverzüglich Paul Fort darin erraten. Während ich meinerseits – übrigens ohne innere Überzeugung – ihn bewundern zu müssen glaubte. Du hast divinatorische Dinge über Claudel gesagt, vor allem über seine Scholastik und über sein Bestreben, seine Weltanschauung dem überlieferten Rahmen anzupassen. Während ich noch nicht einmal, als ich Dein Urteil las, erkannte, wie sehr es zutrifft. Ich bin verglichen mit Dir von einer gleichsam verzweifelten Langsamkeit, weil ich von Ängsten, von Bedenken und von Theorien eingeengt bin. Mein einziger Nutzen ist es, uns an zu schnellem Weitergehen zu verhindern und daran, daß wir dabei die Einzelheiten vernachlässigen, die ›der Mühe lohnen könnten‹. Aber das ist eben nur ein Nutzen.

Warum soll ich es Dir nicht gestehen? Ich habe noch nie so viel Vertrauen zu Dir gehabt wie seit der neuerlichen Lektüre Deiner Briefe. Abgesehen von den divinatorischen Bemerkungen (ich erinnere mich auch an Aussagen über die Musik (jawohl), die außergewöhnlich sind) stehen einzelne Abschnitte von großer Schönheit darin, die Du sammeln mußt. Wie vieles habe ich zunächst nicht verstanden! Weil ich noch nicht so weit war.

Ich bitte Dich, halte Dich nicht für verpflichtet, mir mit einem Lob meiner Briefe zu antworten. Ich weiß übrigens alles, was Du mir sagen könntest: Enthüllung Barrès', Deutung Claudels, Gides, usw.... Ich weiß nicht, ob das all die Fehler und Verspätungen gutmacht, die ich auf dem Gewissen habe!

Ich möchte trotzdem so gern ein wenig mehr sein als eine Martha, als der Mensch der Mühsal, der den Weg frei macht und die Tore öffnet.

Es gibt Augenblicke, in denen ich ›meine schöne Seele‹ in eine Ecke nehme und immerhin gewisse Fähigkeiten in ihr entdecke, unter anderem eine starke Gabe zu lachen. Ich kann nicht laut lachen; aber innerlich, ja, da kann es alles zum Bersten bringen. Und es bringt alles zum Bersten.

Das ist meine einzige Überlegenheit.

Ich verkleinere sie, indem ich mir sage: eine nette Naivität der Zynismus.

Aber ich verkleinere sie damit nur, denn immerhin bin ich ja doch nicht nur zynisch.

Jaques

An Rivière La Chapelle d'Angillon, 29. August 1907

Mein lieber Jacques,

Dienstag den 3. September werden hier zwölfhundert Mann Infanterie und eine Abteilung Artillerie durchkommen und übernachten. Es wäre Dir unangenehm, gerade an diesem Tage einzutreffen; besser kommst Du am Abend vorher oder am Tage drauf. Lieber wäre mir der Abend vorher; mir scheint, dies außergewöhnliche Ereignis wird Dir die Bekanntschaft mit der Welt, in die Du eintrittst, viel leichter machen (so wie mir bei Dir das Automobilrennen und der Unfall dabei). Und nachdem Du Dir so sehr gewünscht hast, allein in eine Landschaft zu fahren, durch die Dein Regiment marschiert ist, wird es Dir auch vorkommen, als habe man Dich an einem Ort leben lassen, wo Du eigentlich nur kampieren solltest. – Aber vielleicht fällt es Dir sehr schwer, am Montag einzutreffen, selbst am Montag abend; dann richte es so ein, wie es Dir paßt, aber gib uns rechtzeitig den Zug bekannt, an dem ich Dich erwarten werde.

Ich sage Dir nichts über meine Familie. Wie gegenüber der Gefahr, so ist auch hier der Instinkt des Neuangekommenen der einzige Leitfaden. Jeder Hinweis, jeder im voraus gegebene Ratschlag kann nur befangen machen. Ich will Dir nur noch einmal sagen, worauf ich Dich schon einmal hingewiesen habe, Du bist von jeher, ohne daß man es eingesteht, der Feind. Aber in vierundzwanzig Stunden wirst Du jedermann erobert haben.

Dennoch würde ich es nie für möglich gehalten haben, daß ich dieses gewaltige Unternehmen wagen würde: Dich herzubringen. Ich weiß nicht mehr, wem gegenüber das ein ungeheurer Vertrauensbeweis ist: für Dich oder für meine Heimat! Freilich, ich habe diese Landschaft hier niemals mit ausgesprochener Liebe geliebt; sie ist nur eine Freundin, der ich von meinen Liebschaften erzähle; aber eine so intime, so weitreichende Freundschaft, daß sie lebendiger in mir ist, als Liebe es wäre. Dennoch könnte ich mich nicht entschließen, Dich nach Epineuil zu bringen. Ich weiß nicht, ob ich selbst jemals dorthin zurückkehren werde. Es bedeutet mir eine unendliche Süßigkeit, mir die Stationsnamen von Bourges nach La Chapelle vorzusagen! Hingegen welche tiefe Bestürzung, welche Seelenpein, wenn ich versuche, mir die Dörfchen rings um meine ehemalige Heimat ins Gedächtnis zurückzurufen! Lange Zeit hielten meine Eltern meine Liebe zu Epineuil – wie meine Liebe zu Nançay – (obgleich sie verborgen war) für ebenso unmoralisch und unvernünftig wie die Liebe zu einer Frau. Man sprach nur davon, um sich zu freuen, daß ›es vorüber sei‹.

Eine Tatsache schiene ihnen recht zu geben: Ich habe in La Chapelle keine Liebesaffäre gehabt, wohl aber in Epineuil.

Aber auch in Nançay hatte ich keine. Ich sage das, um mich darüber zu beruhigen, daß ich Dich nach La Chapelle bringe. Diese Liebesgeschichten interessieren Dich nicht; ich weiß nur allzu gut, Du kannst meine Liebesgefühle nicht teilen. Aber diese Freundschaft, die mein ganzes Leben ist, die werde ich Dir nun zeigen. Und das ist furchtbarer und entscheidender, als stellte ich Dir eine Geliebte vor.

Seit meiner Ankunft fühle ich mich gelähmt wie vor einer großen Gefahr, die es zu überwinden gilt. Ich bin überhaupt noch nicht ausgegangen. Ich habe meine Wege noch nicht Revue passieren lassen.

Neulich allerdings hatte ich das erregendste Erlebnis, das man sich auf dieser Erde vorstellen kann: Ich stand um halb fünf Uhr morgens auf und weckte meinen Vater (um mit ihm Hechtschnüre abzunehmen). Die Sonne ging auf; der Ort war weiß, sauber und leer wie eine Bühnendekoration, bevor das Spiel beginnt. Aber jede Minute trat ein Mann aus einem Haus, jeder war für die Feldarbeit ausgerüstet und wanderte einsam durch die schlafende und weiße Ortschaft in einer bestimmten und mir unbekannten Richtung. Seine Schritte entfernten sich. Dann kam ein anderer woanders heraus und entfernte sich in einer anderen Richtung. Es war unmöglich vorherzusagen, von wo der nächste kommen würde.

Du wirst das selber sehen. Aber nicht diesen Augustmorgen.

Ich habe mich – langsam – wieder an meine Arbeit gemacht*. Ich hielt mich für geheilt und gab alles andere auf, um mir mein Leben in dieser meiner Welt von neuem aufzubauen. Aber wie schwer ist es doch, von neuem zu beginnen, mein Gott, von neuem zu leben zu beginnen.

Vorwärts, das Leben muß weitergelebt werden!

Ich habe Dir nichts zeigen wollen, weil es nichts Zeigenswertes gab. Was hingeschrieben ist, das ist noch so wenig geordnet, daß es keine Vorstellung von dem zu vermitteln vermag, was schon getan ist, noch auch von dem, was ich tun will.

* Fournier hatte wieder sein Examen nicht bestanden.

Ich hätte vor meiner großen Arbeit gerne zwei Artikel veröffentlicht: ›Le Corps de la Femme‹ und ›Propositions sur l'Amour‹ oder etwas der Art. Es handelt sich um wesentliche Dinge, die gesagt werden müssen, bevor ich zu den Einzelheiten übergehen kann. Aber das Ende meiner Ferien naht mit großer Schnelligkeit, und nichts wird getan sein. Das Leben wird mich verschlingen.

Ich erinnere mich an zwei seltsame Träume der vergangenen Nacht.

Der eine: Wir beide, Du und ich, befanden uns mit Suarès in einer Art von Kollegzimmer. Die ganze Zeit gab es Lärm und Durcheinander. Wir hatten alle drei während der großen Ferien, während deren wir eingeschlossen waren, unsere Werke zu schreiben. Der – junge und fröhliche – Suarès und Du, ihr fülltet an einer Ecke des Tisches ganze Seiten mit entsetzlich verzweifelten Gedanken. Ich meinerseits suchte bis zum Anbruch der Nacht einen Ort und einen Augenblick, wo ich nicht behindert sein würde. Wochen später wurde ich, in einem Haus gegenüber auf der Straße, immer noch gestört. Pierrotet bereitete sich in einer Ecke des Kollegraums auf das Doktorat vor, weil ihm das, wie er sagte, zur Dozeptur verhelfen könne.

Ich hatte meinen Spaß, als mir das vor einer Stunde einfiel.

Hier der andere Traum, der mich zum Erwachen brachte: Mitten auf der Straße, gegenüber von mir zuhause, war eine ziemlich weit zerstreute Menschenmenge, wie nach der Messe oder bei einer Abreise. Der Bürgermeister war darunter, und ich sprach aus einem Parterrefenster mit mächtiger Stimme zu dieser Menge. Ich sagte: ›Ich brauche eine Million . . .‹ Der Bürgermeister unterbrach mich: ›Dreihunderttausend Francs sind auch schon ganz nett.‹ Ich fuhr fort: ›. . . ich werde eine Million und den Ruhm zurückbringen!‹, und die dichter gewordene Menge applaudierte zuerst ironisch, dann schrecklich.

Ich würde mir nicht den Spaß machen, Dir das zu erzählen, wenn es mir nicht, während ich Dir schreibe, mit packender Genauigkeit und Deutlichkeit wieder eingefallen wäre.

Ich bin neulich, wie die Burschen hier es alle ganz nackt zu tun pflegen, vom Flußufer direkt ins Wasser gesprungen. Ich hatte mich aufs Tauchen schlecht vorbereitet und glaubte, ich müsse ersticken. Aber es ist eine intensive und prachtvolle Sensation.

Isabelle möchte gern ›Le Prométhée mal enchaîné‹ oder ›L'Immoraliste‹ und ›Le Livre de Monelle‹. Aber ich finde, das vermehrt Dein Gepäck gewaltig, und es ist unnötig, daß Du Dich so belastest. Bringe ihr jedenfalls nicht ›L'Immoraliste‹ mit, denn man wird alles, was wir ihr zu lesen geben (zumindest die Titel), mit einer Strenge und Unfreundlichkeit überprüfen, denen gegenüber die Wachsamkeit von Tante Victoire und ›Bonne-Maman‹ geradezu vernünftig erscheinen.

Das Dumme ist, daß man Isabelle hier – im Gegensatz zu Maman Barthe – als junges Mädchen betrachtet. Mama tut das, wohlverstanden. Und wohlverstanden erschöpfe ich mich in Bemerkungen, um diese Anschauungsweise lächerlich zu machen. Im allgemeinen nehme ich übrigens die enormen Quengeleien meiner Mutter niemals ernst; ich winde mich vor Lachen; aber dieses Jahr bin ich doch aus der Fassung geraten über die Proportionen, die es angenommen hat. – Und dabei war sie doch früher wirklich Jemand!

Mir scheint, was Du über unsere Verschiedenheit dem Leben gegenüber sagst, ist (wie alles) ebenso richtig wie falsch. Vielleicht wirst Du das Gegenteil sagen, wenn Du von hier zurückkehrst. Alles, was ich feststellen kann, ist ein Bemühen in der Richtung, von der Du sprichst.

In Deinen ersten Briefen stehen Dinge, die uns viel Vergnügen machen werden, wenn Du mir versprichst, sie mir zu lassen. Aber worum ich Dich beneide, das ist die Sicherheit, die Festigkeit. Wieviel verfehlte, falsche, peinliche, gezwungene Stellen gibt es doch sicher in meinen alten Briefen!

An einem sonnigen Tag werden wir gegen drei Uhr in die Einöde wandern.

An einem Tag, an dem es zu regnen droht, werden wir zum ›Grand-Rond‹ radeln. Das ist ein Treffpunkt der Jäger tief im Wald von Ivoy.

Freitag – um sechs Uhr abends. Seit Mittag habe ich trotz dem schönen Wetter den drohenden Regen verspürt, der auf lange Zeit herunterströmt. Es ist wie ein Tag Ende September vor einigen Jahren, vielleicht voriges Jahr. Wir machten trotzdem eine Radpartie und kamen nachts heim, bis auf die Knochen durchnäßt von dem Regen, der abends heruntergekommen war. Heute nachmittag hatte ich Lust, das Gedicht von dem drohenden Regen zu schreiben, in dieser Art von Schloß am Rande des Septemberwaldes, wo wir uns voriges Jahr verirrten und einregneten.

Seit vier Tagen ist der Himmel bedeckt und das Land in Regen getaucht.

DER SOLDAT
1907–1909

Nachdem Alain-Fournier die Aufnahmeprüfung für die Ecole Normale Supérieure auch das zweite Mal nicht bestanden hatte, trat er auf Anraten seines Freundes Jacques Rivière seinen Militärdienst an, und zwar zunächst, Oktober 1907, beim 23. Dragonerregiment in Vincennes. Im November wurde er zur Infanterie versetzt. Nach einem Jahr kam er als Offiziersaspirant nach Laval. Die letzten sechs Monate seiner Dienstzeit im Jahre 1909 war er als Leutnant in Mirande.

An die Eltern — Paris, Caserne des Invalides, 17. November 1907

... Eines hat mich gleich von Anfang an betroffen, und das ist die Unsauberkeit und die Unordnung in dieser neuen Kaserne. Über den Hof, auf dem ich zu warten hatte, bewegten sich Drillichmützen und Gesichter von einer unvorstellbaren Verschmutztheit. Die Wohnräume, zu denen ich dann hinaufstieg, waren keine, sondern ein riesiger Schlafraum, in dem die ganze Kompanie untergebracht ist, die einzelnen Rotten sind nur durch vier lange Balken und vier Querbalken voneinander getrennt. Und überall eine fast völlige Finsternis, genau wie auf den Korridoren und den Schreibstuben mit ihren niedrigen Türen, wie in den Eßsälen, einer Art von Dachböden, in denen man sich mit den schmierigen Eßnäpfen in der Hand zusammendrängt.

Die Kaserne in Vincennes war ein Schloß im Vergleich hiermit. Und wie schön und sauber und intelligent waren meine Kameraden aus dem Berry und der Touraine in Vincennes, verglichen mit diesen klein gewachsenen Normannen, ihrem harten unverständlichen Dialekt, betrunken und stinkend, das Gesicht über und über mit Dreck verschmiert, und der Schädel oft mit roten Flecken bedeckt von Krätze, Flechte oder sonst irgendeiner Krankheit. Als ich vorigen Mittwoch gegen Mitternacht zurückkam, war ich zwar schon auf den sauren Kasernengestank gefaßt, auf diesen abscheulichen Gestank nach Schmieröl und Ausdünstung. Aber hier war er einfach erstickend, nicht einzuatmen; in der Dunkelheit tastete ich mich zwischen den anderen Betten zu meinem hin und wußte nicht, sollte ich nun zurück oder vorwärts, so wirkten der Schweißgeruch, der Unrat, der Rauch aus den Lampen, die man zu hoch geschraubt hatte, und diese dreihundert Ausdünstungen von fünfzehn zusammengepferchten Rotten. Als ich mich schließlich hingelegt hatte, fiel mir etwas auf, was mir an den vorigen Abenden, wo ich gleich einschlief, entgangen war: Unmittelbar hinter dem Kopfende meines Bettes und den Durchblick gewährenden Brettern, die unsre Bettenreihe von der einer anderen Rotte trennen, befinden sich das Kopfende eines anderen Bettes und der Kopf eines anderen Menschen. Also zehn Zentimeter hinter meinem Kopf, nicht nur rechts, links, gegenüber, ringsherum, von einem Ende des Schlafraums zum anderen, nein, auch zehn Zentimeter hinter meinem Kopf liegt ein anderer Kopf, der seufzt, schnarcht, schnauft, jammert, Zuckungen hat, atmet, und ich atme seinen Atem ein. Auch in Vincennes war es fast unmöglich, die Luft einzuatmen, aber mein großes Glück bestand darin, nachts aufzuwachen, um das Gefühl der

Ruhe zu genießen. Hier ist das Aufwachen das Schlimmste.

Vier Tage lang hatte ich im Bett neben mir einen Syphilitiker, der auf einen Platz im Lazarett wartete. Er hat mein Trinkgefäß benutzt, so daß ich nun morgens keinen Kaffee mehr trinke. Übrigens werden einem alle Ausrüstungsgegenstände unaufhörlich gestohlen und ausgewechselt; die Folge ist, daß man, ob man will oder nicht, ständig aus demselben Glas trinkt und dieselbe Mütze aufsetzt, die schon alle anderen benutzt haben.

Es gibt ein Wort – wie so viele Wörter dieser ganz besonderen Kasernensprache –, das sehr viel sagt, und das dieses Zusammengepferchtsein, diesen Haufen menschlicher Wesen, in dem man herumwimmelt, treffend bezeichnet, nämlich das Wort ›da drinnen‹, womit die Rotte, die ganze Belegschaft gemeint sind. Andauernd hört man: ›Aufstehn da drinnen!‹, ›Anziehn da drinnen!‹ ›Vielleicht macht ihr mal Licht da drinnen!‹

Sie könnte schön sein, diese zwangsweise Erniedrigung in die Misere, diese völlige Gleichheit zwischen Elendsgestalten und gepflegten Muttersöhnchen, diese Brüderschaft, diese Vermengung. Sie könnte sehr schön sein, wenn sie einem Zweck diente, wenn man sich der Notwendigkeit bewußt wäre, so zusammengeherdet zu sein. Aber alle denken nur daran, wie sie wieder fortkommen, wie sie avancieren können. Nicht einmal daran denkt irgendein Mensch, daß man, wie der Kommandant gestern sagte, hier ist, um sich ›die Fähigkeit und den Willen zu erwerben, durch die man den Feind zwingt, Hintern und Beine in die Hand zu nehmen‹.

Besonders hierunter und auch unter vielem anderen hätte ich gräßlich gelitten, wenn ich gleich zuerst in diese

Kaserne geraten wäre. Aber nachdem ich Vincennes hinter mir habe, denke ich nur an den Unterschied zu meinem früheren Leben, und der Tag vergeht damit zu warten, daß es halb sechs wird, die Stunde meines Ausgangs in dieser grotesken Uniform, die ich schleunigst wieder ausziehe; die Ankunft zu Hause; die Neuigkeiten des Tages, während ich mich sauber mache; von viertel sieben bis sieben Lesen; von sieben bis dreiviertel acht Abendessen und gegen acht Uhr Abschied, so daß ich um neun Uhr wieder ohne Eile in der Kaserne bin.

Und die Woche verbringe ich damit, die vierundzwanzig Stunden zu erwarten, von denen ich dann, wie Ihr zu Allerheiligen gemerkt habt, voll Trauer und Angst jede Minute verstreichen sehe.

Die Vorgesetzten sind hier auch nicht so hochfahrend wie in Vincennes. Ich duze die Gefreiten. Ein Gefreiter muß hier eine Viertelstunde lang reden, damit sein Befehl ausgeführt wird. Man spricht auch ungefragt zu den Unteroffizieren. Neulich rief mich während einer Pause ein Leutnant zu sich, um sich angenehm mit mir zu unterhalten. Der einzige Unteroffizier, der sich wirklich und dauernd ekelhaft benimmt, ist der Stabsfeldwebel. Er quält uns ebenso wie seinerzeit der Feldwebel, aber wir bekommen ihn seltener zu Gesicht.

Der Tag vergeht mit völlig mechanischen und immer gleichen Übungen, Gewehrexerzieren und Umhermarschieren auf dem Kasernenhof oder durch die Straßen der Nachbarschaft. Dazwischen ziemlich häufige Ruhezeiten, wo man sich entweder in die Regimentsmesse stürzt, in der es eine Art von Konsumverkauf zu sehr billigen Preisen gibt, oder auch zu den Verkaufswagen der immer gleichen guten alten Weibchen, die rings um die Marschkolonne auftauchen. Alles Geld wird vernascht. Ich habe verhältnismäßig mittellose Kameraden sagen hören, sie hätten seit ihrer Ankunft schon vierzig Franken ausgegeben. Aber außerdem muß man auch ständig diesen oder jenen, der einem einen Dienst geleistet hat, zu einem Kaffee einladen, den Lagerverwalter, der einem einen gestohlenen Ausrüstungsgegenstand ersetzt hat, den Barbier, der die Haarschneidemaschine reinigte, bevor er einen damit bearbeitete, den Koch, der einem abends den Eßnapf voller gefüllt hat. Dann kaufe ich mir immer wieder ein Messer, das mir immer wieder gestohlen wird; Wachs, Putzsteine, Stiefelschmiere müssen ständig erneuert werden; eine verschließbare Kiste; jede Woche Drillichmütze und Handtuch waschen lassen, was das Regiment uns überläßt; die Wäscherin verlangt hier siebzehn Sous dafür, und ich weiß nicht, wo ich es billiger haben könnte. Sechs Sous jeden Abend für die Straßenbahn; der Heimweg ist ziemlich lang, ich fahre eine Viertelstunde.

Wir müssen bei der Infanterie alle Tage eine Unmenge Leder putzen, aber ich habe einen netten Burschen entdeckt, der mir für zwanzig Sous pro Woche und hier und da eine Tasse Schokolade die ganze Putzerei abnimmt und mir sogar noch das Bett machen würde, wenn ich nicht Einspruch erhoben hätte. Auf diese Art kann ich abends ohne alle Sorge die Kaserne verlassen.

Der Hauptmann ist eine angenehme Erscheinung, er hat sich ein paar Minuten lang freundlich mit mir unterhalten. Neulich war er bei meiner ersten Schießübung dabei und ist der Meinung, ich werde ein guter Schütze werden.

Ich habe, zusammen mit einem Lehrer, den Unterricht der Analphabeten in der Kompanie zugeteilt bekommen. Dadurch sind wir von den schlimmsten Extraarbeiten befreit, wie die Reinigung von Latrinen, Treppen und dergleichen. Wir brauchen nur am Auskehren der Mannschaftsräume, dem Tellerwaschen und solchen Dingen teilzunehmen. Ich habe es fertiggebracht, mir die Abteilung zuteilen zu lassen, die schon ein bißchen etwas weiß. Zu meiner großen Freude erklärten schon am Ende der ersten Stunde einige Rauhbeine, die ursprünglich dem Lehrer ›die Fresse einschlagen‹ wollten und fest entschlossen waren, nichts zu lernen, ›bei mir‹ würden sie wiederkommen; dem Hartgesottensten gaben sie Saures, weil ›er sich nicht betragen konnte‹, und sie erklärten, sie würden ›die Hefte schon vollmalen‹, die ich an sie verteilen ließ. All dies sind schmutzstarrende, verlauste Burschen, einer war schon im Gefängnis, und meine Drillichmütze ist genau so dreckig wie ihre.

Trotz alledem möchte ich nicht mehr vom Militärdienst befreit werden.

Ich umarme Euch. Ich bin überglücklich, daß ich endlich Zeit hatte, einen so langen Brief zu schreiben.

An Rivière La Chapelle d'Angillon, 24. Dez. 1907

Mein lieber Jacques,

Erinnerst Du Dich an die langgestreckte gewundene Anhöhe, die in den Wald zurück verläuft, auf dem Rückweg von Ivoy auf der Straße von Bourges, nachdem man die Bahnstation in der Niederung hinter sich gelassen hat? Ich bin noch auf dieser Anhöhe, oberhalb des Tals, mitten im Chausseeschlamm! Ich bin da, und ich lebe! Alle Farben des Sommers, die lebendig waren und die unaufhörlich umhertanzten und glitzerten, sind nun tot; nichts als schwarze Zweige, die sich überall emporrecken; und dieses konzentrierte Blau in der Ferne über Henrichemont und über den Wäldern; und das Wasser – ich höre es tief unten in der Sauldre sein Werk tun; ich sehe es auf der Ebene als glatte Pfützen, die wie Eis glänzen; es hat alle Wege fortgespült und diesen grauen Schlamm verursacht, der mich hindert, die Anhöhen hinauf zu radeln. Nur das Wasser lebt noch im Winter in der öden Landschaft. Alles ist tot außer dem Wasser und mir!

Aber wie alles andere, so meditiere und warte auch ich. Ich bin stehengeblieben, und meine Gedanken sind es, die arbeiten. Jenseits der Hecke, ganz nahe, am Abhang ein Bauernhof. Es ist Winter. Jemand tritt seine Holzpantinen auf der Schwelle ab, um den Schlamm zu entfernen, bevor er hineingeht. Im Garten sind die Gruben für die Runkelrüben angelegt. Von der Scheune zum Garten und vom Haus zu den Ställen verlaufen tausend Wege, lebt eine Welt. Man hat mir den schweigsamen und friedlichen Mann genommen, der dort frei und lebendig war, und man hat ihn zähmen wollen. Man hat seine Welt verlacht, seinen Handel und den Niedergang seiner Felder und sein schweigsames und friedliches Denken.

Und nun warte ich darauf, daß man uns beide erlöst. Freilich, ich lebe, aber dies Leben wird sich erst in zwei Jahren regen und um sich schlagen, wenn wir frei sind! Im Augenblick bin ich abgetakelt und entstellt und weiß nicht einmal, was ich erwarte. Ich stehe außerhalb der Liebe, denn angesichts meines kahlgeschorenen Kopfes und meiner ›Nudelsackbacken‹, wie eine gute Frau sich ausdrückte, wäre selbst die traurige Jungfrau, die mich seit drei Jahren verfolgt, wenn sie mich einmal in diesem Zustand sähe, von mir geheilt. Ich bin fern von Literatur, von Ansehen und von Examenserfolgen! Ich muß stattdessen das Gewehr handhaben ›wie ein Mann‹. Aber immerhin, ich fühle meine Muskeln und mein Blut; für einen kurzen Augenblick habe ich meine leichten Kleider wieder angezogen, ohne Erkennungsmarke; und dunkel und schwer fühle ich: in einundzwanzig Monaten werde ich irgendein neues Leben beginnen.

Wie lustig und wie schön war meine Heimat am ersten Morgen, einem Sonntag. Glatt wie eine Landkarte; blau der Fluß und der Himmel, schwarz die Bäume, dazu das Weiß der Landstraße, die mit winzigen Gestalten übersät war. – Aber meine Heimat ist keine Landkarte, und eben fuhr ein Mann in gestärkter Bluse in seinem Wagen an mir vorüber, hinten auf einem Sitzbrett zwei sonntägliche und durchgefrorene kleine Mädchen.

An Rivière Paris, 1. Januar 1908

... Manchmal ist mir, als würde ich eines Tages freudig alles zerschlagen, in mir und außer mir.

... Ich frage mich, wie ein Ch., warum man den Tod nicht mehr liebt und herbeisehnt.

An Rivière Paris, 15. April 1908

... Ich wollte Dir – zur Frage der Ehe – von meiner Unfähigkeit sprechen ›zu realisieren‹ – im doppelten Sinne.

Einmal ist die Zeit noch nicht gekommen, meine Aufgabe ist nicht beendet, es ist noch nicht die Stunde, anzuhalten, das Seine zu fordern, seinen Anteil und die Frucht der geleisteten Arbeit der Seele. Und dann: wie sollte ich das in der Wirklichkeit wollen und wagen, was ich einmal erträumt habe. Zusammenbruch. Zusammenbruch. Große Abende des Opfers! wie einer gesagt hat.

Ich möchte, daß es unter meinen Büchern ein Buch oder ein Kapitel gäbe mit dem Titel: Das Ende der Jugend.

Ich bestehe nicht darauf. Es ist spät, und ich bin müde.

Im April 1908 verlobte sich Jacques Rivière mit Isabelle, der Schwester Fourniers. Die Eltern übersiedelten nach Paris.

An Riviere — Maisons-Laffitte, 27. April 1908

... Noch niemals habe ich I. so reizend gefunden wie gestern abend. Welch schöne Braut! Die Männer, die sie sahen, hätten ihr gerne davon gesprochen, wagten es aber nicht. Sie kamen mir nachher noch lange gleichsam traurig berührt vor. Die grausame und süße Melancholie, im Gefängnis, auf dem Gymnasium oder als Arbeiter ein junges Mädchen vorübergehen zu sehen.

Die Wälder mit ihren sprießenden Blättern erinnerten mich heute abend an die von Ranson in Formeln gebrachten Gehölze. Dieselben endlosen, willkürlich unterbrochenen und wieder aufgenommenen grünen Kurven – aber unformuliert.

Heute nacht wurde ich gräßlich von der Wache aus tiefem Schlaf aufgestört und mußte aufstehen, um ›abzulösen‹. Ich empfand nichts als Verstörtheit, Müdigkeit und Widerwillen. Ich nahm mein vor Nässe tropfendes Gewehr von der Wand und ging in den Sturzregen hinaus. Ich sagte mir: ›Hier bleibt mir nur noch mein Widerwille; selbst der Regen ist mir nur noch eine ärgerliche Störung.‹

Im Mannschaftszelt rief ich in die Dunkelheit die Ablösenden bei ihren unbekannten Namen. Nacheinander kam hier und da Bewegung in die Schlafdecken, und noch ganz traumbefangen erhob sich einer nach dem anderen.

Draußen werden die Bajonette aufgepflanzt, unter ständigem Regen trotten wir die Lagerstraßen entlang, und uns umfängt eine Art von warmem Dampf, der vom Erdboden aufsteigt. Es ist die Zeit der letzten Fröste, und der Frühling kündigt sich in aller Fülle an. Und jetzt läßt sich von den höchsten Zweigen eine Nachtigall vernehmen. Dann eine andere tief aus dem Waldinneren. Entzücken. Anrufung. Lachen und Fülle des Hoffens. ›Eucharis m'a dit que c'était le printemps.‹ Ihre Stimme erklingt aus der Tiefe des Gartens. ›Voix-de-la-Rose chante.‹ Und es ist, als tränke man im Sommer aus einem kühlen Kruge; es ist ein Lachen, das im Gehölz erschallt; es ist wie der Klang des Pfropfmessers an den regenschweren Fliederbüschen, und danach der niedertropfende Tau im Zweiuhrmorgendunst, in der Nacht, da der Frühling kommen soll! – Und schöner noch als all diese Worte; ich marschierte, und diese Stimme rührte an mein übervolles Herz.

Der Soldat, der neben mir marschierte, hat sie auch gehört.

Es ist Nacht. Ich hatte mir gesagt: Ich höre auf, wenn es Nacht ist.

Ich glaube, ich werde von meinen Leuten geliebt werden. Aber ich spüre, die Chargen der Kompanie, für die ich ein Fremder bin, warten nur auf die Gelegenheit, mich hereinzulegen. – Ich möchte Donnerstag gern Ausgang haben.

An die Eltern Lager von Mailly, 30. Mai 1908

... Gestern, Freitag, gegen acht Uhr morgens sind wir nach einer letzten kurzen Marschetappe im Lager angelangt. Gestern abend haben die meisten von uns, zum ersten Mal seit neun Tagen, Socken und Hose ausgezogen, ich seit drei Tagen. Zum ersten Mal sind wir auch heute morgen um halb fünf aufgestanden statt um drei oder um zwei Uhr morgens.

Nachdem wir drei Stunden lang durch eine fast völlig unbebaute und öde Landschaft marschiert waren, kamen wir also schließlich im Lager an. Beim Einmarsch glaubten wir in einen Maulwurfshügel einzuziehen, ähnlich dem Lager von Maisons-Laffitte; aber wir marschierten mehr als fünfzehnhundert Meter weit eine flache weiße Straße zwischen Zelten und Baracken entlang und waren immer noch nicht bei unserm Quartier angelangt. Eine Unzahl von Zelten erstreckt sich über weite kalkweiße Flächen, auf denen sich, wie auf einem neuen Bahnhof, Maste für elektrische Birnen und dazwischen magere blattlose Kastanienbäume erheben. Dahinter niedrige graue Anhöhen, zu denen die Straßen emporsteigen. Im Norden, im Osten am Rand des Horizonts immer noch Zeltreihen. Und selbst dort, wo das Lager, das so groß ist wie eine Stadt, sein Ende hat, geht das Militärgebiet immer noch unendlich weiter; es umfaßt rund zwölftausend Hektar.

Bei der Ankunft führte das zum ersten Mal vereinigte Regiment (die Kompanien von Argentan, von Domfront, von den Forts, den Bastionen und von La Tour) einen feierlichen Vorbeimarsch mit Musik durch, danach machten wir uns an die Zelte. Nach unserm Vorbeimarsch folgten andere, immer neue Regimentskapellen, den ganzen Tag lang und auch heute noch. Wir sind ungefähr fünfzehntausend Mann alles in allem. Die ganze Division, mit der Divisionskavallerie, der Artillerie und den Pionieren. Im Osten und Norden, teils in unserer Nähe, teils so weit entfernt, daß das Echo der Fanfaren nur undeutlich zu vernehmen war, sind die Artillerieregimenter Nr. 26 und 31, die Infanterieregimenter Nr. 101, 102, 103, ein Jägerregiment zu Fuß, Dragoner und der Train angekommen und vorübergezogen ... All diese Menschen lagern hier, vermengen sich am Abend und trennen sich bei Tage. Es gibt Kranke, Kavalleristen, die auf Gemüsesäcken herumsitzen und so wundgelaufene Füsse haben, als gehörten sie zum Fußvolk, es gibt Fälle von Erschöpfung, Soldaten, die heute morgen nicht aufgestanden sind, es gibt völlig Eingestaubte, die den Vormittag benutzen, um ihr Zeug zu wichsen und ihre Capes auszuklopfen. Und immer kommen noch neue, marschieren mit klingendem Spiel an der Fahne vorbei, um dann zu kampieren.

Heute früh um sechs ziehen wir zu den Schießplätzen. Man möchte wissen, ob sie weit entfernt liegen. Ich bin Zelt- und Rottenführer, aber ich bin, glaube ich, an eine ordentliche Rotte geraten. Zumeist ausgekochte Saufbrüder, unverkennbare Typen, vor denen man stehenbleibt und sich denkt: ›Lieber Himmel, was für eine Trinkervisage!‹ Unter anderen habe ich den Burschen dabei, der neulich wegen Krakeelens in Arrest gesteckt wurde. Aber abgesehen davon sind es energische Kerle, die ihre Arbeit tun, ohne daß man kommandieren muß. Das sind so die Sorgen eines Gefreiten; ein bloßer Zivilist oder Unteroffizier* weiß sie nicht zu würdigen.

Im Augenblick bin ich so voll von dem Lagerleben, daß meine Eindrücke über den Hermarsch sich etwas verwischt haben.

Aber ich möchte doch etwas über unsere plötzliche Ankunft am Rande der Hochebene von Brie sagen, nach endlos langem Marsch. Unter uns, in unendlicher Ferne, erschloß sich die Ebene der Champagne wie ein Meer. Zuerst dieses Meer, ein riesiges blaues Tuch, das in den weißen Himmel überging. Dann unterschied man die vereinzelt – wie Felsen – daliegenden Ortschaften, die gleich Molen ausgestreckten Gehölze und die Pappelreihen. Wir fanden, daß diese Ebene von vier Horizonten überragt war, die wir nacheinander entdeckten; der erste war grau, der zweite blau, dann eine dünne schwarze Linie, und schließlich ein völlig weißer in den weißen Himmel übergehend.

Wir marschierten einen Hohlweg hinunter, zwischen hohen Bäumen und durch die Straßen eines alten Dörfchens, Barbonne, glaube ich.

Nun werden die Weizenfelder manchmal unterbrochen durch rote und rosa Rechtecke, Esparsette und Luzerne und Roggen. Als wir dann in die Ebene hinuntersteigen, kommen wir durch Talsenken, durch gras-

* Alain-Fourniers Freund und Schwager Jacques Rivière war Unteroffizier geworden.

bestandene Bodenfalten, wo unsere ganze Kolonne zwischen vier eng aneinandergerückten Horizontlinien hindurchzieht. Eine seltsame Landschaft, ich kenne sie nicht. Am Ende einer Marschetappe stiegen wir in einer solchen Senke zwischen rechtwinklig abgegrenzten niedrigen Wiesen auf eine alten Kapelle zu, die in einem kleinen Gehölz lag. Es war die einzige Erhebung in dem welligen Rechteck, das uns rings umschloß. Aber als wir auf der Höhe der Kapelle angelangt waren, stellten wir fest, daß es eine Kirche war, und dahinter erstreckte sich, wiederum rechteckig, eine völlig neue Landschaft.

Später stießen wir auf Bäche. Am folgenden Morgen führte unser Weg ständig an einem Waldrand entlang, wo die Bäche, da der Boden nicht genügend abfiel, kleine Teiche bildeten. Zur Linken die weite Ebene.

Auf der letzten Marschetappe wandelte die Landschaft sich von grünen und roten zu schwarzen Tönen. Es kamen die ersten Fichtenwälder. Die Straßen zogen weiß ins Weite. An den Straßenrändern blättert der Kalk ab. Weite unbebaute Flächen, schwarz und grün, mit den gelben Flecken der Wolfsmilch. Manchmal einen Kilometer lang nichts als Fichten, und es ist, als wolle die lange Straße uns schließlich, nach der fetten und schmerzlichen Landschaft der Brie, in die geliebte, nutzlose, schweigende und unergründliche Sologne führen.

Ich beende diesen Brief sonntags gegen zwei Uhr im finsteren Saal einer kleinen Ortsschenke. Wir sind hier sechs Gefreite, sind auf den weißen und verlassenen Straßen, die uns hergeführt haben, zurückgekehrt, um unsern Ruhetag in einem Flecken der Sologne zu verbringen.

Aber dies ist nicht die Sologne. Man fühlt sich entsetzlich verloren. Gestern hatten wir Schießübungen. Wir stiegen im weißen Staub und blendenden Licht eine Anhöhe hinauf. Und auf der anderen Seite sah man nichts als eine neue Anhöhe und denselben kahlen Horizont. Und kein Mensch, weder ein Bewohner noch ein Haus, nichts als die dürren Pflanzen, Flecken von Wolfsmilch und wildem Thymian, Haufen schwarzer Fichten. Sieben Kilometer weit marschierten wir so von Tal zu Tal; es war ermüdender als ein langer Marschtag. Und wir wußten, daß wir Tage um Tage so hätten weitermarschieren können, ohne auf der nächsten Anhöhe etwas anderes zu erblicken als diese sonnendurchströmten Gruppen magerer Fichten. Ach, welch ein trostloses Land!

Als ich gestern meinen Brief abbrach, hatte ich vor, von den Plätzen zu berichten, wo wir geschlafen haben.

Da war eine Scheune, von der mir nur noch eine Teilwand im Gedächtnis geblieben ist, die ungefähr bis zum Knie reichte. Ich habe mir längs der Bretterwand eine Strohhöhlung gewühlt, in die mein Körper gerade hineinging. Aber da wir das Gepäck im Wagen gelassen hatten, hatte ich meine Kapuze nicht bei mir; die Strohhalme stachen mich ins Gesicht, und ich benutzte meinen Arm als Kopfkissen. Wie ich so mitten unter den groben Schaftstiefeln ausgestreckt lag, gingen meine Gedanken nicht weiter als bis zu den Dachsparren der Scheune und ihrem primitiven Durcheinander über meinem Kopf.

Die Ortschaften, durch die wir am Morgen des Himmelfahrtstages gekommen sind. Gegen acht Uhr begann man zu merken, daß es Festtag war. Vor den Bänken der Häuschen ein ausgestampftes und ausgefegtes Stückchen Erde, das in dem prächtigen Sonnenlicht ganz weiß erglänzt. Hinter dem Fenster ahnt man einen Spiegel, eine Frisur, durch die ein Kamm fährt, ein Gesicht, das sich auf den Tag bereitet. Kleine Höfchen, an denen wir im Gleichschritt vorbeidefilieren. Am Kreuzweg erwarten Mädchen im Sonntagsstaat die Stunde der Messe.

Am Nachmittag entdeckte ich in einem Gehöft, wo wir Quartier machten, über einem Nebengebäude eine Art von offenstehendem kleinem Speicher; er war mit aufgehäuftem Stroh angefüllt, und ich stieg hinauf, um dort die Rastzeit von zwölf bis drei Uhr zu verschlafen. Aber ich kam nicht zum Schlafen. Die Vesperglocken läuteten; die Sonne schien grell auf das Stroh, und der heftige Wind, der aus der Tiefe der endlosen Ebene hereindrang und die Strohhaufen aufwirbelte, kündete mir, wie einsam und verlassen, wie allein, wie müde und elend ich war, auf diesem Heuboden in der Champagne, an diesem schönen Himmelfahrtstag, diesem Jahrestag*.

Der Gutshof lag unter meinen Blicken. Kam man auf die Straße, dann erblickte man wie eine Linie, die sich ganz nahe über dem Gehsteig hinzog, den niedrigen baumlosen Horizont.

An Rivière Lager von Mailly, 4. Juni 1908

Für Jacques und Isabelle.
Ich will einmal nur Euch beiden schreiben.

*Jahrestag seiner ersten Begegnung mit ›Yvonne de Galais‹

Ich wähle dazu diese schreckliche Mittagsstunde, wo ich, vor Schwäche und Hitze noch taumelnd, das Lazarett verlassen wollte.

Mir dreht sich alles im Kreise, und vom Kantinenfenster sehe ich in der Sonne blendend weiße gewaltige Wolkenmassen.

Wenn man das Zelt betritt, empfängt einen eine so konzentrierte Hitze, daß man am liebsten auf einem der ungemachten Betten am Boden sterben möchte, wenn man nicht gerade noch die Kraft hätte, wieder hinauszugehen.

›Alles in Marschordnung‹, wie es im Rapport heißt; sie marschieren seit drei Uhr morgens. Und mein Ehrgeiz ist es, daß ich den schlimmen Marsch mit den kräftigsten Kameraden diesem Nachdenken vorzöge, zu dem mich heute nachmittag mein Unwohlsein zwingt.

Ihr müßt wissen, dieser Marsch ist, als folgten zwanzig Anhöhen von La Sèche und La Madone hintereinander, nur tausendmal öder und grauer und sonnendurchtränkter als unsere, und als müßte man sie ohne Unterlaß hinauf- und wieder hinabsteigen; und wenn man auf der fernsten und dürrsten angelangt wäre, würde man endlich La Chapelle oder Neuvy-sur-Barangeon oder Nançay erblicken.

Schatten der Scheunen, kühle Zimmer mit den bemalten Buffets im Hintergrund, Kuhställe und große Milcheimer und ein stilles Leben – aber wenn man endlich zwischen den verlassenen Esparsettefeldern auf der Hauptstraße angelangt ist, dann erblickt man das offne Gebälk der alten Häuser, und in den leeren Ställen sprießt das Gras: ein Nichts; man hat es alles verraten und verkauft und der Sonne und den Kanonen überlassen.

Heute bin ich also nicht mitmarschiert, und ich denke an Euch – und ich denke daran, daß Ihr von mir sprecht.

Es geschah an den ersten frischen Tagen der jetzigen Jahreszeit, daß ich – ein Werkmann des Geschicks – Euch zueinander führte. Im Hintergrund eines armseligen Zimmers saß ein junges Mädchen, auf das unter den grünenden Bäumen des geheimnisvollen Boulevard Saint-Germain ein geblendeter und sehnsuchtsvoller junger Mann zuschritt. Es war ein sehr später Abend, und auf den Höfen schwatzte schon lange der Sommer und jammerte von Liebe.

Seitdem schien es, als wollte ich, nach vollbrachtem Werk und mit meiner Arbeit zufrieden, nicht mehr daran denken und Euch lachend Euch selbst überlassen. Was hätte ich auch sonst schon tun können?

Aber freilich, Ihr seid meinem Herzen immer nahe, denn heute nachmittag, da ich furchtbar allein und von Erinnerungen geplagt bin, möchte ich gerade Euch ein wenig von meiner Liebe sprechen.

Erinnert Ihr Euch, Ihr, die Ihr wißt, daß es kommenden Sonntag sein wird, Pfingstsonntag? Ja, in dieser Gewitterschwüle, die von schweren Regengüssen schon gemildert war, kam ein hochgewachsenes junges Mädchen. Geschlossene Türen, Geißblattranken lugten über die Mauern, und ein langer Streif durstigen weißen Flieders zwischen den Baumgruppen des ›altertümlichen Parks‹.

Jenseits der niedrigen Mauer, jenseits des Horizonts kommen wiederum große Gärten mit sandigen Alleen, die beim Eintritt der Nacht gesprengt werden. Und sie ist nicht mehr da.

Und doch war es eine große gemeinsame Liebe, und Worte wurden getauscht.

Pfingstmorgen, geheimnisvoller als das Pfingstfest selbst. Und ich will nicht einmal mehr von ihrem Antlitz sprechen, noch von ihrer Stimme, noch auch von der großen und angemessenen Traurigkeit, die sie so süß unnahbar machte, sondern von dieser Reinheit – von dieser Reinheit, welche – ohne Worte, ohne Briefzeichen, selbst ohne die Anwesenheit der beiden gewaltigen und schmerzlichen Träger der Leidenschaft – die Liebe zur Betrachtung werden ließ, das Kinn in den Händen und reglos.

Abendliche Gärten, wenn die Zikaden schwiegen. Abende der ersten Kommunion, wenn das Kinderherz trauert, weil es so schnell vorüber ist, wenn man bereits von den festlichen Bänken vor den Häusern aufsteht, wenn die alten Pforten sich schließen. Das war die Landschaft unsrer Liebe. Und jetzt, da die Gewitterwolken über dem hohen Junikorn aufsteigen – jetzt irre ich, gequälter denn je, taumelnd vor Verlangen, in dieser Landschaft umher.

Ach, könnte doch wenigstens Eure Liebe, die frisch ist wie die Abende von Epineuil oder von La Chapelle, wenn die Burschen unter den Holunderbüschen, welche die Mauer des Nonnenklosters überragen, von ihren Liebsten schwätzten, könnte doch diese Liebe die Zuflucht meines Schmerzes sein, meines Schmerzes, der leidenschaftlich und romantisch ist wie die prachtvollen Bücher von Villiers de L'Isle-Adam, der ganz einfach und noch voller Staunen ist über die vergangenen und nimmer wiederkehrenden Tage und der den schönen Kindern gleicht, die Ihr haben werdet, den Kindern Claude und Jacqueline, die, ohne zu verstehen, aber mit sanften und leidenschaftlichen Blicken hinausschauen werden auf die Heimat ihres Onkels Henri.

An die Familie Lager von Mailly, 11. Juni 1908

Meine Lieben,

Ich schrieb Euch nicht, weil ich Euch nichts zu schreiben hatte. Das Leben, das wir hier führen, ist ziel- und hoffnungslos und ohne Gnade; es gleicht der Landschaft, in der wir leben: auch sie ist fruchtlos und öde, und es gibt nichts über sie zu berichten.

Man steht auf, man marschiert, man schwitzt, man ißt, man schläft, und der Tag ist vergangen, ohne eine andere Genugtuung zu hinterlassen als den Gedanken, daß wir einen Tag weniger vor uns haben. Es ist ein Leben, das man ständig erduldet und niemals willig hinnimmt, das traurigste Leben, das man auf dieser Welt führen kann. Die seltenen Augenblicke der Erleichterung sind diejenigen, wo man an andere Dinge denkt, wo man sich entflieht. Und wenn zwischen zwei Felddienstübungen schon Zeit ist, Euch ein paar Zeilen zu schreiben, dann weiß ich nicht, wo; im Zelt ist es zu heiß, die Pritschen sind zu niedrig zum Schreiben, und in der Kantine ist es zu laut.

Eben, um zwei Uhr nachmittags, komme ich von einer Marschübung zurück, die seit fünf Uhr früh dauerte, sie führte uns durch verlassene, sonnenglühende Täler. Die beiden letzten Stunden lang marschierte ich, im grellen Sonnenlicht der weißen glühenden Straßen, im Staub und Schweiß- und Fußgestank, ohne einen anderen Gedanken als nur den einen, zu einer Waschschüssel zu gelangen und mein Gesicht bis über die Ohren in kaltes Wasser zu tauchen.

Alle alten Unteroffiziere und Offiziere erklären, solange sie beim Regiment sind, hätten sie noch kein so schweres Jahr mitgemacht. Schuld an alledem trägt das

Gesetz für die zweijährige Dienstzeit. Man will in zwei Jahren zustande bringen, was man vorher gemütlich in dreien erledigte, und ›der Beruf des Stabsfeldwebel ist im Aussterben‹.

Dienstag abend legten wir uns um neun Uhr in voller Ausrüstung nieder, nur damit wir um zehn schon wieder zum nächsten Gewaltmarsch antraten. Die ganze Nacht marschierten wir durch diese scheußliche, elende und gesichtslose Gegend, die einer Vorstadtlandschaft gleicht.

Unterbrochener Schlaf. Ein Geräusch wie ein dumpfes Scharren und Rumoren: Rotte auf Rotte erheben sich, zwischen den dürftigen Kiefern und auf den Waldpfaden machen alle Glieder der Marschkolonne sich erneut auf den Weg. Mein Gewehr hängt mir überm Bauch, ich muß es wieder schultern, aufstehen und weitergehen. Einen Augenblick lang fragt man sich, wer wohl siegen wird, diese Welt eines durchlebten und geheimnisvollen Traumes oder jene andere nächtliche Welt mit ihren neu in Marsch gesetzten Schatten und ihren Rottenführern. Aber ich setze mich wieder in Bewegung, im Munde spüre ich, nach dem zutiefst resignierten Atemzug des Erwachens, den Geschmack des Schlafes – diesen Geschmack gleich dem Nachgeschmack saurer Mirabellen, die einem Zunge und Gaumen zusammenziehen –, ein Geschmack so stark, so überwältigend, daß es scheint, man habe die kräftigste Nahrung auf der Welt genossen.

Nach dem Rückmarsch – der Tag war längst heraufgestiegen, und es war schon wieder recht heiß – schliefen wir in den Zelten, von zehn Uhr morgens bis um drei Uhr nachmittags.

Schlafstunden, wo man sich in den staubigen Decken

verwickelt, weil sie einem ins Gesicht geraten, aufgestört und wieder eingeschlummert, Sturz in die tiefste Traumestiefe und dann wieder ein trübes Dahindämmern am Rande des Erwachens, wo der Traum nur noch eine schmerzliche Entstellung der Dinge, des Lichts im Zelte und der Stunde des Lebens ist, bei der ich nun angelangt bin.

Manchmal, ganz selten, beginnt das Manöver interessant zu werden, zum Beispiel in den Augenblicken, wo man, ohne recht zu wissen warum, einen Kavallerieangriff vorausahnt; oder wenn man sich zurückzieht und, im Tal abgeschnitten, erwartet, daß der Feind sich auf der Höhe zeigen wird, um ihn aufs Korn zu nehmen. Aber schnell gerät das Manöver wieder durcheinander, oder es wird sinnlos, und wir machen uns von neuem gesenkten Hauptes auf den Marsch.

Oft muß man an den Père Ubu* denken. Neulich hatten wir bei einem Nachtmarsch den pickligen, heuchlerischen, blöden, unfähigen und allgemein verhaßten Feldwebel als Abteilungsführer. Es gelang ihm nicht, mit uns fertig zu werden. Einmal passierte es ihm, daß er sich den Hals ausreckte, um uns im Flüsterton zuzuschreien: ›Rechts schwenkt marsch!‹, er gab auch das Zeichen dazu, aber wegen der nächtlichen Finsternis und des Geräuschs der marschierenden Tritte achtete kein Mensch darauf. Da packte ihn die Wut über seine Machtlosigkeit, und er tat etwas völlig Ungewöhnliches, was mich eine ganze Weile lang aus dem Lachen nicht herauskommen ließ: er stürzte sich auf die hintersten Reihen und stieß sie mit beiden Armen in völligem

* Held eines berühmten Romans aus der Frühzeit des Surrealismus.

Durcheinander aus aller Kraft nach vorne, wobei er wieder ganz leise fluchte: ›Vorwärts, ihr Dreckskerle, ihr Saubande!‹ – ›Wer stößt denn da so? ... Wirst du das wohl sein lassen! – Hör auf zu schubsen, oder ich hau dir in die Fresse!‹ rief es aus dem durcheinander geratenen Haufen. Und dann ein unterdrücktes Gelächter, daß wir beinahe erstickten, als man erfuhr, daß es ›Zozo‹ gewesen war!

Ein andermal, als wir in einem Fichtenwäldchen emporstiegen, störten diesen Feldwebel die letzten Soldaten einer Kompanie der ›Weißen‹*, die wir mit schwächeren Kräften überrascht hatten und die sich zurückziehen mußte. Er wollte seinen Vormarsch nicht versäumen und schob den hintersten feindlichen Soldaten am Tornister weiter, wobei er ihm wieder im Flüsterton zuschrie: ›Vorwärts! Macht, daß ihr euch wegschert!‹ ich dachte im stillen: ›Idiot! Du bist ja tot! Ich hab dich getötet! Scher dich selber weg, du blöder Ubu!‹

Ubu repräsentiert doch unter anderem die Nichtigkeit und Schwäche, die zur Macht gelangen, und den Gebrauch, den sie davon machen, nicht wahr? Das stimmt genau für den ›Anführer‹ der 2. Kompanie.

Nun habe ich also anderthalb Tage im Krankenzelt zugebracht. Hinterher habe ich den Freitag und Sonnabend als Ruhetag bekommen. Ich muß gestehen – oder mich rühmen –, daß ich den Sonnabend gar nicht haben wollte. Freitag abend halb sechs hörte ich die Regimenter wieder einmarschieren, ich erkannte sie an der Regimentsmusik; und als ich Nr. 104 kommen hörte und hinter dem brutalen Rhythmus des Militärmarschs all

* Bei französischen Manövern trägt die eine Partei zur Unterscheidung weiße Helmüberzüge.

die Müdigkeit, die blicklosen Augen, all die Gedanken erriet, die nur von dem Wunsch beherrscht waren, schon wieder zurück zu sein, da fühlte ich ein leises Bedauern, nicht dabei zu sein.

Am nächsten Morgen, beim Einbruch der Hitze, Abmarsch, das Bajonett schlägt einem gegen die Beine, und rechts auf dem Hintern die Feldflasche mit eiskaltem Wasser.

Meine Leute von der 13. Rotte haben mich sehr gern. Neulich unterhielten sie sich darüber, ob ich nicht noch besser sei als der Beste, den sie bisher gehabt haben. Ihr müßt wissen, wie schwer es ist, sich richtig zu benehmen, wenn man avanciert ist, besonders als Gefreiter; es gibt viele, die gleich an den beiden ersten Tagen, nachdem der erste Augenblick des Stolzes und der Genugtuung vorüber ist, aus Furcht und Verwirrung anfangen, den wilden Mann zu spielen. Man muß der Aufgabe sehr überlegen gegenüberstehen und darf vor den Vorgesetzten keinerlei Angst haben, um nicht ständig über die eignen Leute herzufallen. Ich hätte nicht geglaubt, daß es mir gelingen würde. Vielleicht habe ich Euch das alles schon berichtet; aber es ist zur Zeit mein einziger Ruhm.

Neulich am Freitag vormittag wurde ich aus der Krankenbaracke geholt, um eine Prüfung abzulegen. Es handelte sich um die ›Vorschläge des Regiments für die Schulung zum Reserveoffiziersexamen‹. Ich schnitt schlecht ab, wurde aber angenommen, und das Ganze ist unwichtig.

Der Hauptmann meiner ›Stammkompanie‹, der sechsten, war mit seinen Leutnants versammelt, um mir von diesem Examen zu sprechen. Während ich mich in Habachtstellung mit ihm unterhielt, sah er mich lange prüfend an und sagte dann schließlich voller Teilnahme und in besonders freundlichem Ton: ›Sieh mal an, Fournier wird ein Mann! Nicht mehr der kleine Junge, der im Oktober zu uns kam ...‹ Wir waren beide der Meinung, das sei der ›zunehmenden Zahl der Monate meiner Dienstzeit‹ zu verdanken, und die Leutnants machten mir törichte Komplimente.

Es stellt sich heraus, daß mein Hauptmann der einzige Mensch im Regiment ist, dem ich eine gewisse Achtung und Zuneigung entgegenbringe – wegen seiner Liebenswürdigkeit, seiner Energie und wegen einer gewissen Traurigkeit, die ihn niemals verläßt – vielleicht auch, weil er mir niemals eine Rüge erteilt hat, vor allem aber wegen einer Würde, die er niemals aufgibt inmitten all der Gemeinheiten und all der Viechereien des Regiments. Ich vergleiche ihn gern mit meinem Hauptmann von der 2. Kompanie (meiner ›Paten‹-Kompanie), einem Kriecher, der sich vor seinen Vorgesetzten duckt, seine Leute schlecht behandelt und sich wichtig tut.

Der blöde kleine Reserveleutnant hier bei uns hat sich entschlossen, mir Einzelheiten über die Reserveoffiziersschule mitzuteilen. Es wird viel gearbeitet. Bei einer Durchschnittsleistung von zehn Punkten erhält man alle Sonntage einen Urlaub von vierundzwanzig Stunden; man kann am Sonnabend um ein Uhr nachmittags ausgehen und muß am Montag um ein Uhr früh zurück sein. Aber falls ich nach Laval komme, wird es ein sehr weiter Weg.

Es heißt, wir sollen kommenden Montag nachts den Heimmarsch antreten. Dann könnte ich für Dienstag abend halb sechs mit Sicherheit auf Ausgang rechnen.

An den Vater Villeloin, Gutshof Les Coudraies
(Indre-et-Loire) 16. Sept. 1908

Lieber Papa,

Während einer Ruhepause, da ich vor Müdigkeit umfalle, ist es mir gelungen, auf einem gewachsten Tisch in der Kammer des Gutshofs, wo die Kinder von ihnen angemalte Bilder aufgehängt haben, eine rostige Feder und ein billiges Tintenfäßchen zusammenzubringen.

Seit Sonntag führen wir ein unerträgliches Elendsleben. Sonntag abend und Montag abend biwakierten wir. Gestern, am Dienstag, stießen wir nach zweitägigen Gewaltmärschen endlich auf den Feind; seit drei Uhr früh waren wir auf den Beinen, und erst um neun Uhr abends langten wir auf einem abgeschiedenen und ausgepowerten Bauernhof an. Auch heute kein Ruhetag.

Die Tage sind glühend heiß, die Nächte eiskalt.

Sobald die Sonne aufgegangen ist, muß man beim ersten Halt im allgemeinen Durcheinander das Gepäck abschnallen, um sich die Unterjacke auszuziehen und sie im Tornister zu verstauen. Und bald ist man vor Staub und Hitze so weit, daß man sich nach der nächsten Ortschaft sehnt, wo die Einwohner vielleicht Bottiche mit frischem Wasser vor die Türen gestellt haben. Man langt im Vorbeigehen rasch mit dem Trinkbecher hinein, denn die Marschkolonne drängt einen weiter. Das ist der Augenblick, wo die Einwohner in der Achtung der Leute steigen. Manchmal sammelt ein Einwohner auch, während wir vorbeiziehen, sorgfältig die unzähligen hingestreckten Briefe ein, um sie auf die Post zu geben.

Die Nacht. Sonntag abend begann unsere erste Nacht im Biwak. Wir bauen schlecht und recht eine Art von Strohschobern, unter denen wir uns in einem Haufen zusammendrängen. Vom Stroh fast ungeschützt läßt die Ermattung uns in voller Ausrüstung am Boden einschlafen. Die fürchterliche Kälte nimmt zu; zusammengeschrumpft und über und über erstarrt läßt man sich einfach in einen albtraumartigen Schlummer fallen, den einen steif gewordenen Arm als Kopfkissen benutzend. Ich bleibe höchstens ein, zwei Stunden so am Boden liegen, dann schleiche ich mich, nachdem ich mich erst überall in meine Ausrüstung verwickelt habe, hinaus in den kalten Mondschein. Die Köche haben große Feuer angezündet, um den Kaffee aufzuwärmen; ich mache mich stolpernd und fröstelnd heran. Es ist jetzt halb ein Uhr nachts, und bis um ein Uhr, zur Stunde des Aufbruchs, haben sich alle Leute der Kompanie um das Feuer versammelt; einer nach dem anderen jammern sie mit klappernden Zähnen über ihr Elend.

In der Nacht darauf dasselbe Programm. Wir haben es ein bißchen weniger kalt; aber die ganze Nacht hindurch werden wir bis tief in die Ohren von Trillionen von Hühnerflöhen zerfressen, die aus dem Strohschober kommen, gegen den wir unsere Unterkunft gebaut haben. Als Kopfkissen die grade und stachlige Wand, welche die zusammengepreßten Schnittflächen des Strohschobers bilden; da hinein bohrt man den Kopf samt dem zerknitterten Käppi mit seinem weißen Überzug.

Gestern müssen wir gegen fünfzig Kilometer zurückgelegt haben. Um zwölf Uhr mittag war das Manöver beendet, aber wir mußten noch bis neun Uhr abends weitermarschieren. Ich war nicht so sehr übermüdet als vielmehr noch durch die vorangegangenen Märsche, die Schlaflosigkeit und die Entbehrungen niedergedrückt. Ich gehöre zu den wenigen, die darauf bestanden, bis zum Schluß ihren Packen zu tragen, nicht aus

Kraftmeierei, sondern weil ich in diesem Depressionszustand wußte, daß mich außer dem Schlaf nichts mehr erleichtern konnte. Ich bin mit steifen Knien im Quartier angelangt, aber mit spiegelglatten Füßen, und noch völlig frisch.

Unter den Leuten ein schlimmer moralischer Kater. Es sah aus, als würde man nie mehr ankommen. Die Nacht brach herein, und noch immer keinerlei Aussicht auf Anhalten, Essen, Trinken und Schlafen. Als die 5. Kompanie ihr Quartier bezog, glaubten wir, angelangt zu sein, und immer noch mußten wir drei Kilometer zurücklegen, durch Hohlwege, wo man keine Hand vor den Augen sah. Als dann die 6. Kompanie untergebracht wurde, gab es nur Platz für die 1. und 2. Rotte. Mitten durch den Wald, über schlammige Wege, ging es nochmal zwei Kilometer weiter, wobei wir ständig entmutigte Kameraden verloren, die sich weigerten, mit ihren wundgelaufenen Füßen noch weiterzustolpern. Auf dem Gutshof, bei dem schon andere Formationen vorbeigezogen waren, gab es nichts zu trinken und nichts zu essen. Wir bekamen nichts als – nach zwei Stunden – die übliche Suppe, und als wir schließlich in der Scheune angelangt waren, bohrte ich mich tief in einen Vorratssack hinein, zog die Kapuze über die Nase und schlief, die steifen Glieder ins Stroh gestreckt.

Heute konnte ich bei strahlender Sonne bis zu den Nachbarorten spazieren: Coulangé, Villeloin. Auf zwei Gutshöfen machte ich halt, um Milch zu trinken. Der Anblick einer Materialwarenhandlung, des einfachen Schaufensters einer Materialwarenhandlung, tat mir wohl wie das Gesicht eines Freundes!

Offenbar sind wir hier im Berry. Das also ist das weite Gebiet, über das die Fremden nichts zu sagen wissen, weil sein allgemeiner Anblick tatsächlich nichtssagend ist. Man muß dies Land seit der Kindheit bis in alle Einzelheiten kennen; zwischen zwei Armen des Baches das Wiesenstück mit seinen hochgeschossenen Gräsern, auf dem im Schatten der Pappeln das schon gemähte Heu trocknet; der Bauernhof, der sich hinter der Wendung des auf die Straße mündenden Pfades verbirgt; und weil die Erde hier weißer und welliger ist, steht hier am Abhang ein Kalkofen.

Wie lästig, Gefreiter zu sein; wenn sich bei längerer Rast oder im Quartier ein jeder niederlegt, muß man zu den Feldküchen, um den Köchen ihre Arbeit und ihre Vorräte zuzuteilen, um die Arbeiten anzuleiten, die Lagergeräte hervorholen zu lassen, usw ... Wenn jedermann Ruhe hat, muß man aufstehen, um einen Mann zur Kleiderkammer zu führen; wenn jeder seinen Teil erhalten hat, gibt es immer noch welche, die hinterherkommen und ihre Portion verlangen ... Es ist gut, sich sagen zu können, daß all dies ein Ende hat, daß in zwei Tagen alles vorüber ist.

Immerhin gibt diese undankbare Aufgabe auch ihre Befriedigung. Ich denke da vor allem an die Macht, die ich, wenn ich's mir überlege, an einem der ersten Manövermorgen in mir verspürt habe. Ich hatte von der Austeilung noch Brot übrig, und die Leute beklagen sich oft, nicht genug zu bekommen. In meinem Ärger rief ich sie also zusammen, und ohne wie sonst einfach zu fragen, wer noch nicht genügend Brot hätte, sagte ich: ›Zeig mal dein Brot her ... – Das ist genug!‹ oder auch: ›Du hast nicht genug. Hier hast du!‹, als spräche ich zu kleinen Schuljungen. Und diese verheirateten Männer und Familienväter steckten mit gesenktem Kopf die Nasen in ihre Brotbeutel und ließen sich das gefallen.

An Rivière Paris, 20. September 1908

... Finde ich wohl die Worte für die Episode, die unsere lange Fußreise in letzter Stunde abschloß, als unsere Seele wie unser Körper erfrischt, ausgeruht und wie festgewurzelt war. Im ›Hinterwinkel‹ einer Straße dieses Orts (wie man in La Chapelle zu sagen pflegt) waren wir bei einem Kleinbauern Wein einkaufen gegangen. Zwischen den laubüberdeckten hohen Mauern des sehr versteckten Hofes öffnete sich das Haustor auf eine breite Freitreppe. Ich hatte mich auf einen Vorsprung gesetzt. Auf dem Tisch im Freien eine Lampe, im Haus das Herdfeuer aus der Küche und das Ticken der Wanduhr zeichneten allein den Pulsschlag der großen, ein wenig bedrückenden Stille auf. Dann beschäftigten sich Leute mit unseren Einkäufen; ein kleines Mädchen setzte sich an den Tisch, um zu lesen. Die Hände auf den Knien zerrte sie an ihrem Kleidchen, mit einer fast schmerzhaften Ernsthaftigkeit. Alles schien ihr gleich und unendlich bedeutsam. Die Leute, die ihrer Mutter zu helfen hatten, nannte sie bei ihren vollen Namen und setzte jedesmal ›Monsieur‹ davor. Auch ihre Onkel und Tanten und noch andere Verwandte waren da. Da die Kleine müde war, sagte ihre Mutter zu ihr und wies dabei auf uns, die wir uns im Schatten befanden: ›Wenn du von so weit herkämst wie sie ...‹ – Noch niemals habe ich so stark einen Eindruck von zweierlei Leben gehabt, einem äußeren und nichtssagenden und dem anderen, wie dieses ernste kleine Mädchen es offenbar empfand. Wie geheimnisvoll und vergangen all dies schon für sie sein mußte, wie unmöglich, es zu erzählen, weil es so einfach war. Mir war, als hätte ich mich einen Augenblick lang tief in der Landschaft einer lebendigen

Seele aufgehalten, oder eher noch, als sei dieser Augenblick mein eigen und gehöre vielmehr zu den kindlichen und geheimnisvollen Urquellen meiner Seele, die an diesem Abend von neuem zu leben und zu begehren begann.

An die Mutter Paris, 23. September 1908

... Morgen abend werde ich mich zum Abschluß dieses Briefes über ›L'Eve future‹ äußern. Aber jetzt möchte ich Dir noch einmal etwas über den ›stürzenden Clown‹ schreiben. Er sprach kein Wort; er hatte sich einen gemarterten Katzenkopf zurechtgemacht, zahnlos und ausgemergelt, aber den Mund zu einem breiten Grinsen verzogen. Er stürzte, er stürzte unaufhörlich, er verfing sich in fünfzig Stühlen auf einmal; er riß beim Sturz einen Riesentisch mit sich; zwei Mann holten ihn bei den Füßen zurück, als er von der Bühne in den Saal stürzte ... und während er stürzte, stieß er einen kurzen eigenartigen und immer wieder etwas anderen Schrei aus, der, ebenso wie sein Mienenspiel, irgendeine unsagbare Genugtuung, eine teuflische Genugtuung, ausdrückte, als hätte sich plötzlich alle Schwere, alle Fallsucht in ihm befreit. Die gewaltige Komik entstand dadurch, daß dieser Schrei sich irgendwie in einen Notschrei verwandelte. Ich übertreibe kein bißchen; weit eher werde ich dem wahren Vorgang, der Seltsamkeit dieses ›Aktes‹, nicht genügend gerecht. Es war, als werde plötzlich andeutungsweise das stürzende Tier, ein unterbewußter Teil unseres Trieblebens, enthüllt. Und ich erinnere mich, daß mir zum Beispiel im Zirkus in Brest andere Clowns schon genau so tiefe Eindrücke hinterlassen haben. Als er beim Höhepunkt vom Gipfel eines ganzen Aufbaus von Stühlen einen riesigen und langsamen Sturz vollführte, hätte sein langgedehnter Schrei ebenso wie sein Sturz die Damen im Parkett eigentlich in eine Nervenkrise versetzen müssen. Schade, daß die Clowns im Variété auftreten, wo man, ehe man zu ihnen gelangt, Vorführungen von unvorstellbarer Niedrigkeit und Dummheit mitansehen muß.

An Rivière Paris, 27. September 1908

Mein lieber Jacques,

Sie sind seit Donnerstag da. Gegen fünf Uhr ging ich nach einem gelangweilten Nachmittag mit gesenktem Kopf die Treppe hinauf. Mir klangen drei dröhnende Schläge im Ohr, mit denen mein Vater erfolglos an die Fensterscheibe geklopft hatte. Und von der Mitte der Treppe sah ich, als ich den Kopf hob, Isabelle in der Türöffnung stehen.

Sie hat mir gesagt, Du erwartest einen Brief. Hier ist er, aber kurz und bündig. Ich beende ihn jetzt, am Sonntagabend, kurz vor dem Essen. Angefangen hatte ich ihn in der Kaserne, in die ich heute noch zweimal zurück mußte, da ich Wochendienst habe und nicht hoffte, daß es mir gelingen würde, einen Ersatzmann zu finden.

Es gießt in Strömen. Heute morgen rührte ich in einer Avenue mit dem Fuß die großen dürren Platanenblätter auf. Mama sagte, bei der Ankunft am Quai d'Orsay habe sie einen Eindruck von Leben und Glanz empfangen statt der öden Rückkehr zur Fron, auf die sie innerlich gefaßt war. Und auch ich liebe hier die Zeit des Wiederbeginns der Fronarbeit; seit Jahren finde ich diese Zeit immer gleich: Abendstimmungen im Regen, frühe Autolichter, glitzernde Trottoirs und die schwarzen und ockerfarbenen Bäume der nebligen Quais.

Aber ich fühle die Sehnsucht in mir anwachsen, die aus seit zehn Jahren alljährlich angehäufter Sehnsucht stammt: den Oktober und November, die ich seit zehn Jahren aus dem Fenster unter einer Gaslaterne anschaue – ach, sie endlich dort unten auf den ausgewaschenen Wegen zu erleben, auf denen eine dichte Schicht von welken Blättern klebt ... Eines Morgens in Brest, als ich vom Schlafsaal herunterkam, atmete ich vor der Pförtnerstube den Rauch brennenden feuchten Holzes ein. Das war im November. Wie eingekerkert, wie ausgestoßen und sehnsuchtsvoll war ich doch damals! Und wie unverändert bin ich doch geblieben!

›Ich will Dir sagen‹ (wie die Bauern sich ausdrücken), daß ich Deinen letzten Brief noch einmal gelesen und darüber nachgedacht habe. Deinen Bemerkungen über das Glück ist nichts hinzuzufügen. Es ist wirklich ›der erste Blick auf die wundervolle Erde‹, der Moment, wenn ich durch das Kasernentor trete mit der Illusion im Herzen, das Glück draußen zu finden. Und was Wahrheit und Aufrichtigkeit betrifft, so denke ich genau so; das sind genau die Beschränkungen, die ich angewendet sehen möchte. Aber wie dringend nötig ist es doch, daß Deine Personen all das leben und fühlen; sie werden niemals sagen: dies muß bewahrt werden und jenes nicht; dies muß geschehen, damit –; vielmehr werden sie ›die Hand reichen‹, sie werden sich der ›wundervollen Erde‹ nähern, sie werden entweder glücklich sein, oder aber nicht. Das schließt keineswegs einen selbstverständlichen und sehr deutlichen Hinweis aus, aber keinen Moraltraktat mehr, keinen Maeterlinck, keinen Nietzsche.

Wir haben die ›Nourritures‹ hinter uns. Alle Bücher sind fortgeworfen.

Mit diesem einfachen Vorbehalt bin ich von allem, was Du sagst, entzückt, und ich empfinde genau das starke Leben unter der abstrakten Form. Anfänglich hatte ich die Absicht, es alles noch einmal aufzunehmen und von meinem Standpunkt aus zu bestätigen. Aber wozu? Ich werde noch darauf zurückkommen. — Nur dies: In Azay-sur-Cher dachte ich lange an Deinen Brief, und ich dachte auch noch an ihn, als ich Dir von dem Tag am Flußufer berichtete; das war meine Antwort.

Früher in Nançay, in einer Landschaft, die ich mir wundervoll, unbekannt und einzigartig ersehnte, sah ich nicht gerne bekannte Menschen oder Menschen, die aus bekannten Gegenden kamen. Ich entsinne mich noch, wie ich auf Verwandte wartete, die in ihren Wagen aus sehr entfernten Ortschaften eintrafen. Es war enttäuschend und widerwärtig, als die Tante beim Aussteigen tausendmal gehörte Reden wiederholte und die Welt mit Besitzerblick anschaute. Man spürte das feste Bewußtsein in ihr, daß sie über die Welt und das Leben nichts mehr zu lernen habe, daß es nichts Neues gebe, daß sie nichts Neues mitbringe, daß sie vielmehr, wie all und jeder, seit langem die Wahrheit über alles gelern habe.

Wieviel Frauen tragen doch so auf ihrem Gesicht und in all ihren Gesten dieselbe elende Selbstsicherheit zur Schau wie sie. Und wie lieb und begehrenswert ist uns im Gegensatz dazu jene, die uns abends, wenn sie aus dem Wagen steigt, — ach — noch so verträumt erscheint, so geheimnisvoll wie die Landschaft, aus der sie kommt, jene, welche die neue Umwelt mit verwirrten und geblendeten Augen betrachtet.

Da ich aber solche Frauen gekannt habe – und sei es auch nur eine gewesen –, so glaube ich an die anderen, und darum beunruhigt Miss Alicia Clary mich nicht.

An die Mutter (Aus Laval, Anfang Oktober 1908)

... Die Arbeitsstunden verbringt man damit, lärmend den aufsichtführenden Kompaniefeldwebel oder den Offiziersschüler Bigeard zu ärgern, der den Unteroffiziers-Wochendienst versieht. Da man bei den nachmittäglichen Vortragsmärschen nicht in Viererreihen gehen muß, so drückt man sich am Ende der Kolonne herum, so daß die theoretischen Erörterungen des vorneweg marschierenden Leutnants für die Nachzügler völlig verlorengehen.

Wir kommen aus zwei Armeekorps, dem 4. und dem 9. Wir haben Angehörige von Zuavenregimentern und von den Jägern zu Fuß. Von 1800 Kandidaten wurden 800 angenommen.

Der Eingang zu dieser verlassenen Kaserne – sie beherbergt nur noch zwei Kompanien, deren Rekruten heute abend ankommen – wird auf einem ansteigenden Stück der Hauptstraße durch ein Blätterdach gekennzeichnet, das die Häuserreihe unterbricht. Eine enge Allee hoher dichtbelaubter Bäume verbirgt das niedrige Gitter. Übrigens dringt das Laubwerk hier an allen Ecken ein. Von den Fenstern des Klassenraums erblicke ich eine hohe alte Mauer, die uns von den Nachbarhäusern trennt. Mit ihrer efeuumschlungenen Brombeerhecke und ihren Akazienzweigen sieht sie wie ein alter

Stadtwall aus. Und morgens beim Appell, wenn die Diensthabenden die dichten Haufen welker Blätter beiseitegekehrt haben, wenn der Hof ganz glatt und sauber ist, dann dauert es nicht lange, bevor einem ein Blatt langsam und zusammengekrümmt vor die Füße flattert wie ein ermatteter Vogel, der zögert, bevor er sich niederläßt, und dann ein zweites, das sich im Gleitflug von der Platane löst ...

Vielleicht werden wir uns an einem Sonntag, wenn sein Pegasus ihn nicht im Stiche läßt, in Le Mans Wilbur ansehen. Ihr habt gelesen, daß Bollée versichert, er könne den Aeroplan jetzt lenken; es sei ganz einfach.

Gestern abend bin ich nicht ausgegangen. Ich habe mich schlafen gelegt. Ich kenne die Stadt erst von einem Ausmarsch zu einer Übung. Als ich mich gestern abend niederlegte, fühlte ich mich sehr eingesperrt und sehr weit weg; von allen Seiten erklang das Angelus schwermütiger provinzieller Klosterglocken. Ich fühle die Stadt rings um mich, wie sie sich in langen Reihen übereinander auf dieser prachtvollen Straße nach Brest mit ihren herbstblassen Bäumen hinzieht. Vom Manöverfeld aus entdeckte man nichts als das hohe weitläufige Seminar, eine Kaserne und Häuser, die im Nebel lagen. Ich spürte schon das große Winterschweigen nahen. Ach, wie sehnte ich mich nach dem scheußlichen Gelände von Issy und der Straßenbahnstrecke Vanves-Malakoff!

Küsse für Euch alle, auch für Jacques.

An Rivière Paris, 31. Dezember 1908

... Ich habe für Paris die gleiche Liebe wie Suarès – eine Liebe, die aus Abscheu, aus Schrecken und auch aus langjähriger Vertrautheit gemischt ist. Ein elendes Wesen, langjähriger Gefährte, dessen Gesten mir alle vertraut sind, ohne daß ich sagen könnte, welch gräßliches Geheimnis dieses Wesen in sich birgt.

Nächtens erleuchtete Straßenecken. Ich kenne sie, und jedesmal das gleiche Erschrecken. Menschenleere Trottoirs. Häuser, aneinandergereihte Kästen mit ihren Winkelchen, ihren Laternen. Ich herrsche in diesem Spielzeugreich, und hinter den Mauern, die ich mit der Hand berühre, schläft ein ganzes – unbekanntes – Menschenvolk.

Für die Zeit, wenn ich erst einmal ›Le Pays sans Nom‹ beendet haben werde, sind mir wieder alte Pläne eingefallen. Ich möchte für Paris etwa dasselbe tun, was ich für ›le Pays‹ getan haben werde. Ich möchte die Landschaften mit ihren Menschenseelen aufspüren, die hinter diesen sentimentalen Pariser Zotenliedern stekken, wenn die Huren in der Naivität ihres Herzens singen. Ich möchte die Landschaft hinter den Wandmalereien des Konzertcafés herausfinden, wenn die Huren sie sich ansehen. Das würde eine ebenso geheimnisvolle, ebenso bestürzende Welt geben wie die meines ersten Buches.

Im Augenblick bin ich durcheinander. Ich muß diesen kaum begonnenen Brief schließen. Es ist acht Uhr abends.

Ich wollte Dir von einer Anzahl von Dingen berichten, die kleine lustige und affektierte Bildchen abgegeben hätten, aber die Bildchen wären doch zu unbedeutend gewesen.

Ich schicke Dir ohne viel Umschweife, was ich vor vierzehn Tagen geschrieben und was ich dem kleinen Bichet geschickt habe. Ich füge seinen Brief bei, der interessant ist. Er hat eine köstliche Fähigkeit, daneben zu kritisieren. Wo hat er ›Assonanzen‹ gefunden? Und die alten deutschen Märchen! Ich gestehe, ich habe es ganz gern, wenn man sich derart über mich täuscht und dort Phantastik herausfindet, wo ich ergreifend sein wollte.

An Rivière — Laval, 3. März 1909

Mein lieber Jacques,

Ich will Dir sagen, daß ich sehr gelitten habe in den vergangenen vierundzwanzig Stunden im Dorf Brûlon, bei einem Bäcker.

So sehr ich auch versuchte, ganz einfach und ganz kindlich zu sein, ich merkte doch genau, das Verwundern über solche Abenteuer ist für mich jetzt vorbei.

Ich wußte es, unsere Reisen, unsere Erfahrung (siehe ›La Métaphysique du Rêve‹ von Jacques Rivière) und unsere Topographien machen es uns nunmehr unmöglich, auf Entdeckungen auszugehen, und für uns wird es nie wieder etwas Neues geben.

Ich wußte, man kann nicht länger eine Ortschaft oder einen Laden in dem Gefühl der wunderbaren Ahnungslosigkeit betreten, was man dort wohl antreffen möge. Ich wußte, es würde mir nicht mehr, wie einstmals soviel Süße und Geheimnis bedeuten, in das obere Stockwerk hinaufzusteigen, um mich in dem großen unbekannten Haus zur Ruhe niederzulegen. Ich wußte genau, wir kennen jetzt alles, und alles ist vorausgesehen; aber die Herrlichkeit des Hauses, in das man mich einließ, hat das Leid meiner Gleichgültigkeit noch schmerzlicher gemacht.

Denn meine Kindheitsphantasie hätte sich erregt und verirrt beim Anblick dieser abends in dichtem Kreis um den Tisch sitzenden Familie. Der Kleinste ist beim Feuer geblieben; den Kopf in die Hände gestützt, hängt er seinen seltsamen Träumen nach, während er gleichzeitig begierig aufnimmt, was gesprochen wird – und das ergibt eine Mischung, die ihn leidenschaftlich erregt und zur Verzweiflung treibt. Der Saal, in dem man sich aufhält, ist rings von anderen Zimmern und von finsteren Kammern umgeben, in die halb verschlossene Türen führen. Welches ist die, hinter der ich die aneinandergereihten Körbe und die grauen Heimchen am Herde erblicken werde?

Rings um uns, nächtlich und vereist, das Dorf, von dem sie alle sprechen und das ich nicht kenne. Wohin führen deine Gassen, die sich seltsam schneiden? Um welche Menschen und um welche Feste handelt es sich? Ob man hier wohl nachts Schule hält, denn es muß ja wohl Gegenden mit Nachtschulen geben. Die Kinder fürchten sich sehr hinzugehen, aber sie kommen dennoch um des Vergnügens willen, alle in dem dunklen und erleuchteten Saal beieinander zu sein. Was würden wohl die Kinder vom Lande, die am fernsten wohnen, anfangen, wenn sie zur Schule kämen und den Lehrer nicht anträfen? Was würden sie tun, wenn alle Welt schläft und wenn sie auf dem Feld nebenan das Licht aus den Fenstern erblickten?

Eine enge Treppe führt zu geräumigen Zimmern. In meinem liegen Brautkränze auf Kaminen und Eckschränken. Lange Vorhänge sind vor kleinen, ganz engen, in die dicke Mauer eingelassenen Fenstern vorgezogen. Es sind Schloßfenster; morgen früh werden bei Tagesgrauen vertraute und unbekannte Geräusche durch sie hereindringen; die Sonne wird sich quadratisch auf dem roten Vorhang abmalen, und wenn ich ihn fortgezogen habe, wird mir der enge Rahmen die ganze Tiefe einer Landschaft enthüllen.

An welchem Brunnen werde ich an diesem Tage meine Morgentoilette vollziehen? Über welches Wasser – aus welcher sprudelnden Pumpe – werde ich mein Gesicht beugen?

All die Kammern und Verstecke rings um den Backofen in der Backstube, in der wir abends spielten! Und der Naivste von uns spielte, über ein Notenheft gebeugt, das auf dem Backtrog ruhte, alle möglichen Weisen, denn der festgestampfte Boden unter unseren Füßen lud zum Tanze ein.

Das verschneite Gärtchen stieg terrassenförmig zum Hügel hinan. ›Auf diese niedrige Mauer, so sagt er, komme ich mich stützen, wenn die Abende der großen Ferien vor Sehnsucht und Langerweile dahinsterben. Diese Hügellinie, die Sie sich dort ganz hinten im Nebel ins Tal verlieren sehen – dann ist sie so klar gezeichnet und perlmutterfarben wie das Innere einer Muschel; denn die irisierenden Dünste, die blauen Wolken des frühlingshaften Blütenstaubs sind in der Sonne verdampft, und man kann gegen vier Uhr, wenn die Sonne bereits die Schatten umbiegt, auf dem gelben Wege die Pilger von Sankt Agathen dahinziehen sehen.‹

An all dies denke ich heute wieder, da ich allein, in dem kalten und dunklen Schulzimmer, vom Fieber geschüttelt bin. Aber damals war ich so trostlos und so durchgefroren, daß meine einzige Zuflucht die lange Radfahrt durch das im Schnee begrabene Land war.

Jammervolles Herz der einförmigen und öden Landschaft, wie waren wir doch an jenem Tage von Mitleid erfüllt, und wie gut verstanden wir doch einander!

An Rivière Mirande, 18. April 1909

Meine Lieben,

Ich habe nicht viel Zeit zum Schreiben. Wir stehen im allgemeinen um fünf Uhr auf, und der ganze Tag ist besetzt. Die freien Augenblicke kommen, wenn wir völlig erschöpft sind.

Ich kann es nicht erwarten, wieder frei zu kommen. Mir graut vor diesem Beruf. Wie sehne ich mich danach, all dies hinter mir zu haben. Die 159 Tage, die ich noch abdienen muß, scheinen mir endlos.

Während der ersten Woche habe ich viel durchgemacht. Mein Aufwachen bedeutete jedesmal angesichts des Tages, der durchlebt werden mußte, angesichts der Aufgaben, die meiner harrten, angesichts der Kommandos, die ich auf mich nehmen mußte, eine unsägliche Qual. Ich denke mit Bedauern an das 104. Regiment zurück. Am schlimmsten war es, wenn ich mir sagen mußte: Ich werde mich daran gewöhnen, ich werde damit fertig werden, ich werde mich nicht einmal mehr mit dem unausführbaren Wunsch aufstacheln, diesem Leben noch vor Schluß zu entfliehen.

Ich hätte nicht gedacht, daß das Militärdasein, nachdem es von allem entkleidet ist, was es für den gewöhnlichen Soldaten so abstoßend macht, mich immer noch so sehr leiden machen könnte. Ich könnte auch keinen Grund dafür angeben. Ich könnte keine Beschwerlichkeit nennen, die mich bedrückt und die es nicht schon vorher gegeben hätte. Ich fürchte die Anstrengungen nicht, ich erledige meine Aufgaben durchaus glatt, die übrigen Leutnants benehmen sich kameradschaftlich – und trotzdem würde ich eher desertieren als zwei Jahre lang so zu leben wie sie.

Die Autorität, die uns mit einem Schlage übertragen wurde, ist allerdings erstaunlich. Ich erinnere mich noch an den ganzen Ablauf von Ehrenbezeigungen, die mir erwiesen wurden, als ich das erse Mal in Uniform die Kaserne betrat. Ich glaube, Jacques wäre zufrieden und würde sich gerächt fühlen, wenn er sähe, wie die breitschultrigen Unteroffiziere aus dem Süden, sobald ich in die Nähe komme oder ein Wort an sie richte, den linken Hacken gegen den rechten schlagen und die Hände an die Hosennaht legen. Aber die richtige innere Anerkennung erwarb ich mir erst an dem Tage, als ich beim Geräteturnen kommandierte.

Endlich habe ich das Gebirge gesehen. Es ist wie an der See, das Bewußtsein seiner Nähe erweckte den ständigen und immer stärkeren Wunsch, näher daraufzu zu gehen.

Wir sind der Strecke Tarbes, Pau, Laruns, Eaux-Bonnes gefolgt. In Tarbes traf ich den jungen Guinle und seine Mutter. In Pau Guinle selbst bei seinen Onkeln.

Ich hatte nichts gewußt von der großen Traurigkeit des Gebirges. Schon die ungeheuren Bergkuppeln mit ihrem grauen Pflanzenwuchs, wo die riesigen Felsen wie Kieselsteine wirken, wo man ganz in der Ferne am Abhang verstreute Herden weiden sieht, schon sie bieten das trostloseste Schauspiel, das ich kenne. Ich habe den ganzen Nachmittag des Ostermontags vor mir, an dem ich bis zum Abend herumwandern und herumklettern kann, ohne daß ich mich an etwas anderem erfreuen und erquicken könnte als an diesen öden Grasflächen und diesen leeren Schafhürden.

Doch das Gebirge bietet mehr, als es verspricht. Als der Zug uns in Laruns abgesetzt hatte – so weit, so tief im Tal, wie er nur vorstoßen konnte –, sind wir auf Serpentinpfaden nach Eaux-Bonnes hinaufgestiegen. Dort empfing uns der dumpfe Lärm des Sturzbachs, den wir aus der Ferne nicht gesehen hatten. Tief unten, am Grunde der Schlucht, spritzt, kocht, stürzt und brüllt es, weiß schäumend oder grün vor Durchsichtigkeit. Und wir folgten seinem Lauf rückwärts in die Höhe mit geheimer Freude im Herzen; ein einziger unvorsichtiger Schritt über den Rand der Straße hinaus hätte uns in den Gießbach hinuntergestürzt, und wir fühlten uns ständig versucht, einen Kiesel hinunterrollen zu lassen.

Das ist wirklich die große Freude im Gebirge, dieses überall herabschießende Wasser, das einem unaufhörlich in den Ohren klingt. In Eaux-Bonnes floß es zu beiden Seiten der Straße, man hörte es in der Schlucht grollen, in Kaskaden herunterspringen, und sogar noch in der Kirche vernahm man sein ›geschwätziges und nutzloses‹ Lärmen.

Im Tal von Laruns ist der Bergstrom gleichsam der ›Zweck‹ der ganzen Landschaft, die Resultante all ihrer geheimsten Kräfte.

Neulich, bei dem Manöver, wo wir so sehr unter der Hitze auf den dürren Berghöhen litten, sahen wir die Pyrenäen wie eine düstere unendlich ferne Kette von Mondgebirgen. Aber ich dachte an den größten Wasserfall von Eaux-Bonnes, unter den wir hinabstiegen, wobei wir uns mehrmals zwischen den Felsen auf der Erde wälzten, – und ich wünschte mir bis zum Ersticken, noch einmal im Gesicht diese weiße Wasserwolke zu spüren, die mich von oben bis unten durchnäßte, während ich, auf die Ellbogen gestützt, unermüdlich in das leidenschaftlich brausende Wasser starrte.

Auf dem Hinweg kamen wir fast unvorbereitet nach Lourdes. Ich konnte mich nicht einer starken Rührung erwehren, als sich plötzlich in diesem großartigen Panorama am Abhang des Berges und dicht neben dem Strom, an dessen anderem Ufer wir entlangmarschierten, die Basilika erhob. Und zur Rechten etwas tiefer der dunkle Eingang der Grotte, in der Maria erschienen ist; eine Menschenmenge drängt sich dort und zerstreut sich nicht – und ein großes Feuer steigt aus den Kerzen auf.

An René Bichet — Mirande, 7. Mai 1909

›Reicht mir Eure Hand, Prinz Hamlet, ich kenne dieses Fieber . . .‹

Seit Tagen geht mir, im Gedanken an Dich, in der Einsamkeit dieser Gedichtanfang durch den Kopf. – Der Frühling birgt sich in das Blattwerk des Parks, und dichte Schattenflecken gleiten über sein Haar. Und des Abends vereinen sich alle Stimmen sanft zum schmerzlichsten Akkord . . . Ach, nicht einmal von Liebe ist mehr die Rede. Aber was sollen wir mit unseren Seelen tun, wenn diese grausamen Seligkeiten sie einladen sich aufzulösen.

Diese Welt, die ich, das Gesicht verzückt in die Zweige vergrabend, im tiefsten Inneren der Landschaft entdecke, dieses sinnenberaubende Land, durch das ich wie ein junger wilder König gestreift bin, als die nachmittägige Fünfuhrsonne wie ein auf dem Marktplatz entzündetes Feuer war, diese grüne Behausung, in der die am kühlsten Platze zusammengekommenen Kinder das Glück verbreiten, wird all dies genügen, um dieses Schwellen meines Herzens zu beruhigen, diese Tränenflut zu besänftigen?

Auch ich habe Alissas Geschichte gelesen. Am Herdfeuer, neben meiner Mutter, in einem langen Schweigen, das immer stärker anzuwachsen schien, als allzu artiger kleiner Knabe, den ein Kummer quälte. Aber als sie den Kopf hob, war es schon zu spät; ich hatte gelesen: Hierher komme ich, um vor dem Leben Zuflucht zu suchen . . und mich schüttelte all dieses angehäufte Leid. Ich lief davon.

Aber wohin soll ich mich flüchten?

Neulich am Morgen brachte ein Vorfall köstlichere Tränen zum Fließen. In einem schlechten Buch war von Bernadette und den Kranken von Lourdes die Rede. Soll ich schamlos die Erregung vor Dir ausbreiten, die ich empfand? Wie soll ich diese Süße, diese geheimnisvolle Trauer in Worte fassen? Verlorene Gefährtin, allmächtige Schwester, turris eburnea, janua coeli. Furchtbare Königin, du standest lächelnd hinter mir, während ich las, und du legtest mir mit solcher Milde die Hand auf die Schulter . . .

Ich möchte, daß Du, wenn Du dies liest, als Vergeltung für all meine Schamlosigkeit, und sei es auch nur einen Augenblick lang, Dir dieses tränenüberströmte Antlitz vergegenwärtigen mögest.

Jacques hat mir neulich ›meine Reinheit‹ zum Vorwurf gemacht, meinen allzu reinen Frauenkult. Darum handelt es sich gar nicht. Ich blicke auf sie mit dem Blick des ›Idioten‹, der zuerst auf die Seele zielt. Gerade bei ihnen bin ich am nacktesten, gleichsam entschält, dem begegnet, was nicht von dieser Welt ist und was uns vor Entzücken und vor Abgestoßenheit, es so nahe zu erblicken, fast erschaudern läßt – der Seele. Ich kenne, sagte ich ihm, die Fältelung des Halses, der Gesichter, die sich mir mit verzerrtem Mund entgegenneigen, die zögernden Geständnisse der hochmütigsten, die schmerzliche Hingabe der förmlichsten Frau. Alle sind sie zu mir gekommen wie zu dem Unschuldsfürsten, mit einer Liebe, die keinen Namen trug.

In der nächtlichsten Stunde der Frühlingsnacht finde ich mich im Hause der gefallenen Jungfrau. Ich habe in ihrem Bette gelegen; nun ist nichts mehr zu sagen, ich werde die Stufen zum Garten hinuntersteigen und in die Dunkelheit davongehen. Aber im Augenblick, wo die heimliche Zusammenkunft ihr Ende hat, hält sie mich am Arm zurück, läßt sich auf das Lager zurückfallen und sagt: ›Horch!‹ und wirklich, eine Stimme brach ganz nahe bei uns im Garten hervor; sie steigt empor mit einer Freude, die mitreißt, mit einer Reinheit, die noch die Hölle reinwaschen würde. Die Nachtigall singt; und die Frau lächelt, als habe sie mehr als einmal auf einem Felde dem Konventikel der Engel beigewohnt, ohne davon zu sprechen, und als beruhige sie nur den, mit dem sie es durchschreitet, und sagt zu mir: ›Jede Nacht ist sie da.‹ Jetzt, wo ich bei ihr bin und ihr die Hand gebe, empfindet sie nicht länger jene Furcht, die mir die Zähne klappern macht. Wir atmen nicht mehr, wir hören in der Tiefe der Nacht die Seele singen:

Oh ihr Wächter Jerusalems, möge keiner von Euch mich erwecken oder mich anrufen!

Oh Glauben, der das Verstehen übersteigt! Anrufung des erhörten Gebetes!

Furchtbares Schweigen der Mitternacht, da Euer Name allein erwidert wird!

Oh wahrer Freund . . .

Ich bitte Dich, nicht Furcht vor mir zu haben.
Ich habe jene geliebt, die so stark und so erleuchtet waren, daß sie um sich her gleichsam eine unbekannte Welt zu erschaffen schienen.
Warum sollte ich Dich nicht lieben?

An Isabelle Lourdes, 17. Mai 1909

Kindchen,
Soeben erhielt ich Deinen Brief. Sicher, ich hätte Dich gerne nach Lourdes mitgenommen. Heute ist der Himmel bedeckt; von Zeit zu Zeit fallen ein paar warme Regentropfen, die nicht einmal die Straße anfeuchten. Es ist der Tag nach einem großen Fest. Gestern bin ich dort gewesen; und trotz allen Unannehmlichkeiten steigt die Erinnerung in manchen Augenblicken wie eine Tränenflut in mir auf.

Zunächst, wenn man von der Straße her sich der bergigen Landschaft nähert, quält einen die Frage: Wo ist es? An welchem Abhang liegt die Grotte?

Die Ankunft in der unsauberen Stadt mit all ihren

Straßenbahnen und Hotels hat mich nicht aus der Ruhe gebracht. Ich hatte sie mir noch scheußlicher vorgestellt.

Wir stiegen erst zur Basilika hinauf und betrachteten von einem Geländer aus die Kranken und die Menge, die vor der Grotte und den Bädern betete. Dann wurde ich von neuem von dieser gewaltigen unsagbaren Rührung ergriffen. Ich kann nicht sagen, warum ich ein solches Bedürfnis hatte, zu weinen. Vielleicht wegen dieses verzweifelten Vertrauens, das diese Menschen haben. SIE hat gesagt: ›Hier werde ich Wunder vollbringen.‹ Und die Züge aus aller Welt, in denen sie einander leise ihre Hoffnungen mitteilten, haben sie hergetragen. Und da drängen sie sich nun, und sie warten, sie flehen um Hilfe. Das wasserköpfige Kind auf dem Arm seiner Mutter; die Frau, deren Gesicht nur noch ein einziges rotes Geschwür ist; all die verkrüppelten Wesen, die mit erschreckend blassen Gesichtern in ihren Wägelchen hokken; auch die anderen, die durch ihre Unbeweglichkeit formlos zerquollen sind; und das Mädelchen, von einer Krankenschwester festgehalten, das alle Minute einen idiotischen Aufschrei ertönen läßt. Hier klammern sie sich fest, an diesen Ort, wo SIE erschienen ist, und so verzweifelt spannen sie ihren Glauben an, so stark ist ihr Wunsch und ihre Hoffnung, daß sie sie beinahe rühren, daß sie sie rühren werden, daß plötzlich ein Wunder ihre Gegenwart verkündet. Mutter der Gebrechlichen! Vorsehung der Heimgesuchten! Sehr reine Jungfrau!

Und dabei noch ein süßeres und größeres Geheimnis. Vor der Grotte, neben den Krankenstühlen der Gelähmten – als ich schon angeekelt war, weil das Wasser der Grotte aus Hähnen hervorquoll, weil die Krankenschwestern die Kranken nacheinander aus bunten Eisenbechern davon trinken ließen, weil all dies einen frommen kleinen Schwindel ergab –, dort sah ich ein Kind, das den Becher kalten und keineswegs heilkräftigen Wassers mit so viel Selbstverständlichkeit, mit solcher Gläubigkeit entgegennahm, daß ich von neuem eine schmerzhafte Verwirrung empfand. Vielleicht hat es sich schon zum zwanzigsten Mal dieses ganz gewöhnliche Wasser einverleibt, aber es blickte darauf, bevor es trank, wie ein Fiebernder, der am Verdursten ist. Sein Blick war süßer als das leiseste ins Ohr geflüsterte Wort. Mitten in der Menge der Kranken, von der ein Gestank wie von Hering aufstieg, bedeutete dies: »Ich bin die elfenbeinerne Pforte; alle, die zu mir kommen, werden gereinigt; ich bin das eingehaltene Versprechen, denn ›ich verspreche Euch nicht das Glück in dieser Welt, sondern in jener‹; ich bin die Einfachheit ›esset von den vorhandenen Kräutern‹. Und vor allem, ich bin da. Das genügt. Ich lege Euch leise die Hand auf die Schulter. Die gewaltige junge Königin ist mit Euch. Aber ich sage Euch: Tut Buße! Tut Buße! Tut Buße!«

Wir tranken aus den Bechern des Quells, denn SIE hat gesagt: ›Trinket von dem Quell und waschet Euch darin.‹ Das Wasser schmeckte kalt und gut; aber welches ist der Geschmack, den ich darin hätte finden wollen, und den ich noch nicht gespürt habe?

Mein Begleiter, der katholischer, aber weniger gläubig ist als ich, war schweigsam, gehorsam, naiv. Nachdem wir durch die Grotte gegangen waren, sagte er zu mir: ›Hast du gemerkt, wie einem das Herz aufgeht in der Grotte?‹ Und bis zum Abend war er krank. Vor allem regte ihn die Erinnerung an irgendeine Episode in Zolas ›Lourdes‹ auf. Darin beruht die seltsame Kraft dieser Stätte: selbst die schlechtesten Bücher sind noch geheimnisvoll davon durchdrungen. Ich fragte ihn: »Warum hat Sie gesagt: ›Eßt von den vorhandenen Kräutern‹?« Er erwiderte ernst: »Das bedeutet, man soll sich bis zur Erde niederlassen.« – Das ist der Kamerad, der sich fürs Boxen und für Rennen hinter Motorrädern und Versicherungen intressiert.

Laß Dir von Jacques die Konstruktion der Grotte mit ihren Kerzen und Inschriften erklären, ebenso die Basilika mit ihren wächsernen Dankopfern und dem riesigen Platz, auf dem die Segnungen und die Gebete um Hilfe vorgenommen werden.

Ich will nur dies eine sagen. Mich stößt hier nichts ab, nicht einmal die Dankesinschrift des jungen Mannes, der in die Kriegsakademie aufgenommen wurde. Daneben die monströsen Krähenfüße der Frau mit den abgestorbenen Gliedmaßen; sie sind ins wundertätige Wasser gefallen, und die Frau wurde geheilt.

Obgleich Huysmans tausendmal recht hat, mißbillige ich dieses Bestreben nach Luxus und Pomp nicht, all diese glitzernde Weiße, all das Kristall der Basilika und den großen goldnen Schirm, unter dem man bei der Reichung des Heiligen Sakraments das Kreuzeszeichen macht. Dies ist der Ort, an dem die Jungfrau leibhaftig anwesend sein wollte, an dem der verzweifelte Glaube der Menge immer noch ihre Gegenwart hervorruft; es ist gut, daß man sich bemüht, ihre Glorie hier zu materialisieren, und es ist gut, daß man dabei so jämmerlich Schiffbruch erleidet.

Vor der Basilika die Segnung der Kranken aus Belgien und Deutschland, mit Prozession. Allein, mitten auf dem riesigen Platz, im Sonnenlicht beinahe untergetaucht, ruft der Fürbitter: ›Rette uns, Herr! Rette uns, Herr! Rette uns, Herr! Wir verderben! – Himmelspforte, bitte für uns! – Hosiannah dem Sohn Davids!‹ Und die Menge stammelt die Worte jämmerlich und langsam nach. – Heute wird kein Wunder geschehen.

An Rivière

Mirande,
Himmelfahrtstag 1909, 20. Mai

Mein lieber Jacques,

Ich schließe mich heute den ganzen Tag lang ins Haus ein, um ungestörter zu leiden. Seit Wochen bemerken die Menschen, die meine Hand berühren, daß ich Fieber habe. Das geheime Glücksgefühl der letzten Zeit ist vorüber, jetzt heißt es, gegen den höllischen Schmerz anzukämpfen. Wie soll ich ganz allein dieses Fest überstehen, zu dem ich nicht geladen bin? Frühmorgens drang die Sonne durch alle Fenster in die Wohnung und weckte mich; der Diener hat während der Nacht alles vorbereitet, die Rosenhecken, die glühendheiße Straße . . . für eine große geheimnisvolle Jahresfeier, und im Augenblick, da er allen das Geheimnis seiner Hochstimmung enthüllen will, findet er seinen Herrn allein und in Tränen aufgelöst und verlassen.

Derweil läutet es zur Messe; von Zeit zu Zeit kommt im Galopp ein Bauernwagen angefahren. Ich habe hundert kleine Gründe, nicht hinzugehen. Der schwerwiegendste ist, daß meine Schuhe nicht schön genug sind. Ich erinnere mich am Grund der Vergangenheit der ersten Kommunionsmesse, zu der ich mitgehen sollte. Nachdem ich an all den süßen und seltsamen Vorbereitungen teilgenommen hatte, schritt der langsame Zug der großen Mädchen gleich weißen schwingenden Weihrauchgefäßen ohne mich davon. Meine neuen Stiefel waren zu eng. Jeder Glockenschlag während der Feier in der niedrigen Kapelle gab meiner Verzweiflung neue Nahrung. Jemand hatte sich geopfert, bei mir zu bleiben, wischte mir die Tränen ab und versprach mir, ich dürfe dafür am Vespergottesdienst teilnehmen. – Aber heute ist kein Gefährte da, um meine Bitternis zu besänftigen; auch wird es keine Vesper geben für den, der die Messe versäumt hat.

Ich habe mein Elend wieder da aufgenommen, wo ich es vor zwei Jahren in den großen Ferien verlassen hatte. Die Mattigkeit, der Hunger, die Eingeschlossenheit übertönen es, aber sie können es nicht ersticken. Ich bin wieder bei jener Zeit angelangt, in der ich Dir schrieb: ›Schon, mit diesem Gedanken im Kopf, auch nur den Hof überschreiten zu müssen, kommt mir wie eine grausame Prüfung, ein furchterregendes Abenteuer vor.‹ Dieses Gesicht hat mein Leiden wiederum angenommen. Gestern, während eines Manövers zwischen roten Kleefeldern auf den Hügeln, entfremdete ich mich plötzlich allem, was nicht sie war, und – zum ersten Mal seit langer Zeit – sah ich ihr Gesicht so gebannt vor meinen Augen, daß ich einen Moment lang dachte, ich könnte keinen Schritt mehr weitergehen.

Und dennoch ist es nicht diese Liebe, die mich festbannt. Ich bin kein Protestant. Früher dachte ich: Wenn ich Christ wäre, würde ich sogleich Priester werden, oder Mönch, wenn es für das andere zu spät sein sollte. – Als ich die Trappe besuchte und als man in der Kapelle niederknien mußte, hatte ich – im Bewußtsein, daß man immer erhört wird, wenn man zum ersten Mal in einer Kirche betet – angesichts des ungeheuerlichen Lebens der Mönche die Kraft zu sagen: ›Wenn es sein muß, so sei es denn.‹ Aber es mußte ja nicht sein; und nach langem Zögern bedaure ich schmerzlich, die Muttergottes von Lourdes nicht um das Wunder angefleht zu haben, mir meine Geliebte zurückzugeben! Sie nur einmal wiederzusehen, dieses so reine Antlitz zu betrachten, einen Augenblick lang meinen schmerzenden Kopf gegen ihre blonden Haare zu lehnen.

›Ich verspreche Euch nicht das Glück in dieser Welt, sondern in jener.‹

So viel Reinheit kann also nicht von dieser Welt sein. ›Esset von den vorhandenen Kräutern.‹ Ich werde noch einmal ›Dominique‹ lesen; ich stelle mir das Ende sehr schön vor, wo er, auf die Erde zurückgekehrt, ohne Liebe zu leben versucht. Ich aber werde auf nichts verzichten. Kein Schmerz, keine Leidenschaft, die mir nicht unentbehrlich wären. Gestern abend kam mir der wunderbare Claudelsche Satz ›Der Mensch wie an einem Kreuz ...‹ zu Hilfe, um diesen Zweifel und auch dieses Hindernis zu beseitigen.

Wenn Du geglaubt hast, meine Liebe sei eitel und ausgedacht, wenn Du geglaubt hast, es vergehe ein einziger Tag, ohne daß ich daran leide, und wenn Du nicht gleichzeitig gesehen hast, daß die christliche Frage mich seit drei Jahren unaufhörlich gemartert hat, dann hast Du mich gewißlich mißverstanden – dann hast Du Dich gewißlich arg getäuscht.

Wenn ich mich voll und ganz dem Katholizismus überantworten kann, dann bin ich von diesem Augenblick an Katholik. Und habe ich mir nicht neulich selbst gezeigt, daß mein ganzes Buch auf einen großen Triumph der Jungfrau hinausläuft!

Die Kinder, die ich haben werde, werden auf das allerchristlichste erzogen werden. Oh, wie ich leide, mein Freund, wie ich leide.

Mehr als fünf Stunden habe ich diesen Brief liegen gelassen. Nichts hat mich von meiner Todesangst abgelenkt. Wenn das andauern sollte, könnte ich nicht lange dieses Gewicht der ganzen Welt auf meinem Herzen ertragen. Irgend etwas verlangt verzweifelt nach mir, und alle Straßen der Welt trennen mich davon.

Um diese Stunde vor vier Jahren, an diesem selben Himmelfahrtstage kam sie langsam die hohe Steintreppe herab und richtete einen Blick von solcher Reinheit auf mich, daß ich mich umwandte ...

Seit Claudel hat mich kein Buch dem Christentum so sehr genähert wie ›Der Idiot‹. Es ist nirgendwo davon die Rede, und dennoch bin ich, seit ich es las, mehr denn je von der ›Versuchung‹ gequält. Vielleicht ist dieses Buch die Brücke zwischen der christlichen und meiner Welt, die ich seit langem gesucht habe. Hier und da zeigt es, kurz erahnt, das ferne Land, wo die befreiten Seelen sich erkennen und zueinander sprechen.

Meine letzte starke Erregung vor dieser erlebte ich in der Woche vor Deiner Ankunft in La Chapelle; der Anlaß war ›L'Art Poétique‹. Dann bis zum ›Idioten‹ ein langes Schweigen, das nur von unbestimmten Aufwallungen unterbrochen würde.

Ich kann Dir nicht weiterschreiben. Ich habe einen tiefen Abscheu vor diesem Schmerz, der mich martert. Glaube vor allem nicht etwa, daß ich mir darin gefalle. Vielleicht würden größere Reinheit und geringere Beachtung der Welt und der Wirklichkeit mich davon heilen. Ich allein habe Schuld. Ich werde versuchen zu arbeiten und zu schlafen. – Dein Brief von gestern abend, in dem von nichts die Rede war als von den Dingen, die mich interessieren, hat mir wohl getan. Ich werde Dir wieder schreiben. Ich drücke Dir die Hand.

An Rivière Mirande, 2. Juni 1909

Mein Bruder,

Ich will Dir sagen, daß ich Pfingsten in Bordeaux bei Lhote verlebt habe. Er hat mich für eine Nacht bei sich untergebracht und mich einmal zum Essen dagehabt – ein zweites Mal bei seinem Freund Tronche. Es waren zwei so schöne Tage, daß mir davon immer noch ein irgendwie bitteres Gefühl geblieben ist. Die verheirateten Kinder empfingen den, der ganz allein aus der Ferne kam, und ergingen sich mit ihm unter den hohen stillen Bäumen. Ihre aufmerksamen Gesichter schienen zu sagen: Sprecht, wir sind jetzt zu zweit, um Euch zu verstehen, nennt uns Euern Schmerz, wir werden ihn zu zweit sehr wohl zu heilen wissen.

Warum sollte ich Dir nicht wie der ›Idiot‹ mit voller und reinster Aufrichtigkeit – da Du allein mich doch richtig verstehen wirst – von den Frauen sprechen, die sich mir genähert haben und die ich schön fand. Ich habe Lhote gesagt, wie schön ich seine Frau fand. Ich war auf eine intellektuelle Ästhetin gefaßt, und ich fand Unbefangenheit, Kindlichkeit, Jugendlichkeit. Es gibt da wundervolle Einzelheiten: Sie hat in Lhotes Armut all die kindlichen Überreste ihres Jungmädchenluxus mitgebracht, und sie leidet ganz einfach, ohne romantische Pose, darunter, daß sie beide so arm sind. Wie viele gibt es, die das täten, wie viele wären zu einem solchen Opfer bereit? Auf eine Kritik von mir gab sie zu, daß ihr einziger Stolz – nämlich darauf, daß sie schön sprechen kann – eitel ist. Und dabei hat sie mir eine Stelle aus Suares – ›la solitude, c'est l'orgueil ...‹ – und eine aus Claudel – ›ô véritable ami ...‹ – zwar mit einer für meinen Geschmack zu preziösen und nicht genügend erregten Stimme vorgelesen, aber doch, als sei sie völlig überwältigt davon, so schöne und gewichtige Worte aussprechen zu sollen.

Sonntagabend, als Lhote mich quer durch die Stadt in sein Atelier brachte, wo ich wie in einem schönen riesigen Palast geschlafen habe, sprach er mir von seiner Liebe. Er hat – trotz der Härte seines unerschütterlichen Optimismus – verspürt, wie ungeheuerlich es manchmal ist, sein Glück so nahe zur Hand zu haben. Er erzählte mir von dem Schwindelgefühl beim ersten morgendlichen Erwachen, als sie, von der hellen Frühsonne in die Augen getroffen, kindlich erklärte: ›Mir jucken die Augen.‹ Ein Schwindelgefühl, das ich mir seit meiner Kindheit gelegentlich vorzustellen versuche und das mir jedesmal denselben Schrecken einflößt.

Die Rückreise war entsetzlich traurig, in drückender Nachmittagshitze quer durch die Landes. Mit dieser selben Niedergeschlagenheit pflegte ich quer durch die Sologne aus meinem schönen heimatlichen Kinderland zurückzukehren. Es war der gleiche unerträgliche Schmerz wie auf meiner ersten ziellosen Reise nach dem Verlust meiner Geliebten. Ich sagte unaufhörlich zu mir selbst: Und ich? Und ich? Und um mich über meinen Schmerz hinwegzutäuschen, buchstabierte ich langsam und immer wieder auf der glühendheißen Gardine meines Zugabteils das Wort: M, i, d, i.

Einige genaue Einzelheiten, um zum Schluß meiner Reise nach Bordeaux zu kommen.

Ich war mit Lhote und Tronche bei Herrn Frizeau. Ich habe den großen Gauguin gesehen. Ich kannte Frizeau im voraus. Ich glaube ihm nicht mißfallen zu haben. Er hat mehrmals versucht, mir ein Thema für eine längere Auseinandersetzung zu servieren. Mehr aus Bosheit als aus Schüchternheit bin ich nicht darauf eingegangen.

Ich habe bei Lhote eine neue Art Landschaften gesehen, von der ich Dir gelegentlich berichten werde. Studien. Studien für Dein Bett, die man sehr beachten müssen wird. Er schien sehr gern Arbeiten von mir zum Illustrieren haben zu wollen. Seine Frau hat mich gebeten, sie rezitieren zu dürfen. Ich habe ›La Robe de tous les Jours‹ beendet, und das übrige macht Fortschritte.

Ich werde Dir für Le Havre die Photographie seiner ›Suite de Gestes‹ schicken, nachdem sie kartoniert worden ist. Er möchte, daß Du ihm die Stelle über die Stoiker aus Claudels Brief abschreibst.

Er stimmt mit meiner Eitelkeit in der Annahme überein, daß Dein Brief an Gide und mein Gedicht, die ja während des Postbeamtenstreiks abgeschickt wurden, verlorengegangen sind.

Es handelt sich jetzt um etwas anderes. Ich zögerte ein bißchen, zu Lhote zu fahren, weil ich ahnte, wie fern er meinen gegenwärtigen Gedanken steht. Und tatsächlich hat er mich ein wenig abgelenkt. Ich dachte mit Bedauern an das Fest, das ich mir, ohne zu überlegen, vorbereitet hatte, nämlich mit Deinen Tanten zur Pfingstmesse zu gehen. Die ganze Nacht vorher hatte der Sturm geweht; der Text des Evangeliums kam mir in den Sinn: ›Und es geschah schnell ein Brausen vom Himmel, als eines gewaltigen Windes, und erfüllete das ganze Haus, da sie saßen.‹

Mein Bursche hat sich auch einen Rausch zugelegt während der beiden Festtage; aber jetzt heißt es, sich mit schwerem Kopf langsam und traurig wieder an die nüchterne Arbeit machen.

Die Vorwürfe Deines Brieffragments haben mich getroffen. Es ist richtig, ich verlange zuviel von den Menschen, die mich lieben. Ich sehe mich so sehr vor, den Menschen, deren Brutalität mich verletzen könnte, nichts zu zeigen, daß die anderen schließlich nicht länger wissen, woran sie mit mir sind.

Seit zwei Jahren habe ich auch völlig aufgehört, Dich über die langsamen Fortschritte meines Denkens auf dem laufenden zu halten. Dabei ist es im Verborgenen und unter Mühe und Dreck ständig weitergeschritten. Allerdings habe ich bisher selber verabsäumt, den durchlaufenen Weg methodisch zu untersuchen. Aber ich leide jetzt unter dieser Nachlässigkeit, weil sie dazu geführt hat, daß ich meinen Bruder über meine Entwicklung in Unwissenheit gelassen habe.

Zunächst war mein Brief an Isabelle ein Werk der Demut. Ich habe versucht, nachträglich die Erregung zu rekonstruieren, die jeder Reisende Lourdes gegenüber empfindet. Meine Erregung, jedenfalls die köstlichste, die ich an einem Morgen Anfang Mai wie einen Springquell in mir emporsteigen und mich überschwemmen fühlte, die kann ich nicht schildern. Es gibt keine Worte für diese Tränen. Dies ist es fraglos, was die Christen die Gnade nennen.

Aber glaube mir, das kann erst nach langen Überlegungen, nach schmerzlichen Etappen, an deren Ende mein Geist durstig blieb, und nach, ach, so vielen Schritten in der Finsternis.

Ich kann heute nicht alles sagen. Aber das Wesentliche besteht in einer Art von Mattigkeit, von Unfähigkeit, die Welt zu tragen, zu ertragen. Früher einmal gab es kein Gewicht, das ich nicht heben, keine Gestalt, die ich nicht annehmen, keine Landschaft, die ich nicht verwandeln konnte. Ich dachte nicht daran, mit mir zu sparen. – Aber jetzt bin ich müde und von der Angst verfolgt, meine Jugend zu Ende gehen zu sehen. Ich verschwende mich nicht mehr. Ich bin der Welt gegenüber wie ein Mensch, der vor dem Fortgehen seine Wahl trifft. Und welches wird die Richtung sein, die ich bei dieser Wahl einschlage, welches die Endregelung, die ich suchen werde, welches die wirkliche Bedeutung der symbolischen Geschenke, die ich für die Reise beiseite gelegt haben werde?

Diese Unruhe hat sich in meiner Kunst fühlbar gemacht – die stark von Suarès und Claudel beeinflußt ist. Ich lasse mich nicht mehr – wie noch in ›La Femme Empoisonnée‹ – überall dorthin verlocken, wohin meine Erinnerungen oder meine Sehnsüchte mich führen möchten. Es kommt mir nur auf das Wesentliche an. Ohne abstrakt zu werden, begnügt mein Stil sich mit einem einzigen Bild, wenn dieses Bild für die tiefschürfenden Geister – darin eben bin ich Aristokrat – eine Welt umschließen kann, und mit einem einzigen Wort, wenn es – darin versucht mich das Christentum – ein Wort der Bejahung ist.

Eines Tages wird diese Bejahung so weit gehen, daß ich im tiefsten Inneren meiner selbst überzeugt sein werde. Nichts mehr in mir wird die Zustimmung verweigern. Dann wird jedes Problem gelöst sein. Die Fragen, die

Lhote sich stellte und die er mir stellte, werden sinnlos erscheinen. Alles wird sehr einfach und sehr klar sein.

Vorige Woche bin ich eines Abends über folgendem Satz von Claudel eingeschlafen:

›Und es gibt jene, die nach harten Mühen in dieser Stunde zwischen Sonne und Mond die erfrischende Nahrung erlangen.

ABER DIESE WURDEN AUSERWÄHLT UNTER ZEHNTAUSEND UND ZEHNTAUSENDEN ZEHNTAUSEND

Auf daß . . .‹

Am Morgen erwachte ich mit dieser Bejahung gleichwie mit einer Besessenheit und einem übermenschlichen Begehren. Mein Fenster blickte auf eine Landschaft so perlmutterblau wie das Innere einer Muschel. Ganz in meiner Nähe war schweres blühendes Laubwerk in den Frühnebel getaucht. Die Welt war ein Lobgesang unter der aufgehenden Sonne. Ich bin über die rosenbestandenen Wege in die Freude hinausgezogen. Und in dieser Morgenfrühe habe ich alles entschieden, alles geordnet. Möge die Abschiedsstunde schlagen, alles wird bereit sein. Mit wieviel Liebe habe ich den Tod angeschaut – ›den Tod, unser teuerstes Erbteil‹. – Ich bitte Dich, der Du mich kennst – selbst wenn ich niemals glauben sollte –, nicht leicht zu nehmen, was ich jetzt sagen werde; seit Jahren habe ich mit mir gestritten, aber diesmal bin ich entschlossen: An dem Tage, an dem ich den letzten Schritt tue, falls ich ihn tun sollte, trete ich in einen Orden ein und werde Missionar.

Denn nichts könnte mich befriedigen als das eine, ›über alles Verstehen hinaus die Fülle zu besitzen, und keinerlei Freude zu haben außer der himmlischen! Mitten unter jenen, von denen gesagt ist:

›Das höchste Wesen hat sie sich auserwählt, auf daß sie ihm angehören, und auf daß sie ihm seine Familie seien und seine Zeugen und die Gäste seiner Fülle und Pracht.

Und gleichwie ein hohes Gebirge die Wasser sammelt, welche die brachliegende Erde nähren,

Also lebt das fruchtbare Menschengeschlecht

Von der Wohltat ihrer Fürsprache.‹

Und dennoch, dennoch, ›gäbe es eine Hölle, in die ich hinabsteigen müßte, um meine Geliebte zu retten‹, vielleicht ... – Denn ich muß Dir gestehen, wenn ich an diesen Sonntagabenden im Winter schmerzerstickt fortging, so geschah es, um – ach – vor der Rückkehr noch einmal diese elende Menschenmenge an meinen Augen vorüberziehen zu lassen, in der ich so ängstlich nach ihrem Antlitz gesucht habe.

Ich werde auf Mamas langen guten Brief antworten.

Ich habe Bichets ersten Brief erhalten, und er hat mir wirklich Sorge gemacht. Ich komme noch darauf zurück. Ich hatte mit seinen Ängsten und Verzweiflungen gerechnet. Ich hab mich nicht getäuscht.

An Rivière — Mirande, 18. Juni 1909

Mein lieber Jacques,

Ich sende Dir die beiliegende Manuskriptseite, die einzige vollendete von allen, die ich angefangen habe. Lhote sollte sie vor nunmehr vierzehn Tagen erhalten haben. Für Isabelle und Dich wollte ich eigentlich meine Reise nach Paris abwarten; aber, wenn ich es recht überlege, werdet Ihr mir viel besser in einem Brief sagen können, was Ihr davon haltet.

Sobald ich von Paris und vom Lager zurück sein werde, mache ich mich an ›La Jeune Fille Eglantine‹, ›Le Dîner de Printemps‹ usw., um sie zu beenden.

Ich beabsichtige, etwas sehr Wesentliches und sehr Schönes ›über mein Gesicht‹ zu schreiben. Es wird einfacher und sanfter sein als eine Frauenhand, die nachts voller Mitleid die schmerzlichen Linien des Menschengesichts nachspürt. Und trotzdem werden diejenigen, die es lesen, erstaunen über einen Gestank von Fäulnis und Lästerung. Um die verschiedenen Gesichter meiner Seele zu schildern, wird es nötig sein, daß SIE, die von meinem Gesicht spricht, sich die Masken meiner kommenden Agonie vorzustellen wagt; sie wird an das blutige Röcheln denken müssen, das die endliche Befreiung und den Aufbruch der Seele anzeigt: dann erst werden die seltsamen Paradiese beschworen sein, deren Bewohner ich bin.

So also bemüht meine Kunst sich zur Zeit, zum Wesentlichen vorzudringen. Ich suche unter den Augenblicken jene aus, die von der Gnade gezeichnet sind. Ich suche den Schlüssel zu den Aufbrüchen ins ersehnte Land – und vielleicht ist es letzten Endes der Tod.

Auch stelle ich mir mein Buch weiterhin als die wunderbarste kleine Geschichte vor, die jemals die Gemüter der guten und stillen Kinder erregt hat; aber gelegentlich wird man gleichsam einen Todesschauer darin finden, eine ungeheure Ruhe und Stille, als fände der Mensch sich, plötzlich von seinem Leib verlassen, am Rande der Welt des Geheimnisses.

Lhote und ich haben über die Seele gesprochen. Ich

stelle sie mir ganz anders vor als er. Als wir von der Frauenseele sprachen, war sie für ihn der Inbegriff ihrer schönsten Tugenden: Selbstverleugnung, Einfachheit. Für mich gleicht die Seele einem endlosen Tal, das sich dem Blick eröffnet: eine Armbewegung, ein Blick, ein Farbton der Stimme erregen in mir das überwältigende Verlangen, es zu betreten. Es ist eine Offenbarung, eine Kommunion, ein Aufbruch. Ich habe das in der Nähe der weniger tugendhaften und der unreineren empfunden. Sie gaben mir, demütiger aber geheimnisvoll wie die anderen, die Sehnsucht nach jenen weiten unbekannten Landen, welche die Gestalt ihrer Seelen haben und zu denen der Schlaf und der Tod sie geleiten.

Ich werde auch über das verlorene Mädchen schreiben – oder, wenn Du willst, über ›la Femme Empoisonnée‹. Sie wird eine der schönsten Personen meines Buches sein. Ich denke gerade über eine Episode mit ihren Katzen nach, die ich mir ebenso erschütternd wie furchtbar vorstelle.

Sprich zu Hause nicht von diesem Brief. Man könnte glauben, ich vernachlässige mein Examen, was nur halb zuträfe.

Ich umarme Dich. Auf bald.

Antworte mir.

An Rivière — Mittwoch, 7. Juli 1909

Mein lieber Jacques,

Acht Uhr morgens. Ich bin allein in meinem Zelt. Das Lager, Bodenfalte der großen Ebene von Toulouse. Nach dem Regen der vergangenen Nacht heftiger Wind in den Pappeln und auf den straffen Dächern.

Die Isoliertheit, die jähe Abstraktion dieses Lebens tut mir wohl.

Am Sonntag habe ich von Süden nach Norden fast ganz Frankreich durchquert. Die Pappelgruppen glitten wie Flöße auf dem riesigen wallenden Tal vorüber. Blätterschatten floß irgendwo über einen Kilometerstein. In jedem Landschaftsbild wollte sich am Rande der reifen Ernte der ferne Schatten eines Wäldchens, voller Sehnsüchte und unerreichbarer Spaziergänge, sanft herüberlehnen. Und die Provinzstadt war eine verlassene und unbestimmte Avenue, durch die meine Geliebte hätte schreiten können.

Jetzt bin ich allein, und die Welt ist unter meinem Zeltdach versammelt. Da ist der Tisch, an dem ich arbeite, um mich zu beruhigen. Mein Bett mit einer zur Plattform gespannten Decke, unter der ich schlafen werde, um nicht länger so sehr zu leiden. Manchmal konzentriert sich dort die ganze Glut des Tages wie ein Aufschrei, wie der Appell meiner Jugend. Gestern abend, nach der Erinnerungsfeier für Wagram, zog ich mich dorthin zurück, und meine Geliebte erwartete mich dort, hartnäckiger als das Gewissen, das unbewegliche Gesicht auf die Faust gestützt, grausamer als der Wächter der Reinheit. Aber dann ergoß sich die Flut des nächtlichen Unwetters über uns. Alles beruhigte sich. Und so blieben wir dort, tränenüberströmt, wie die nächtliche Waise, als sie hinaufstieg, um im Taubenschlag ihres einstigen Heims den Regen, den Tagesanbruch und das Erwachen der Tauben abzuwarten.

Ich möchte, daß mir meine Reise verziehen wird. Ich benehme mich sehr hart zu allen. Das ist so, wenn ich leide, aber ich bin, wie Cousin, gegen mich selbst unbarmherziger als gegen die anderen! Übrigens bin ich ziemlich wütend auf meine Eltern. Ich will endlich nicht länger so beurteilt werden wie alle Welt. Für die Welt und für mich gibt es keinen gemeinsamen Maßstab.

Ich habe Dir viel zu erzählen. Aber ich habe keine Zeit. Das Süßeste, was ich mir zur Erinnerung aufbewahrt habe, sind ein oder zwei Unterhaltungen mit I. In ihr lebt ein Vertrauen, eine Freudigkeit und eine verborgene Kraft, die man entdecken muß wie eine Quelle unterm Laub. So sprach sie zu mir während der schmerzlichsten Zeit in der Rue Mazarine: wie ein Mensch, der weiß, wie eine Frau, die Ordnung schafft. Du wirst das später erkennen. Du wirst sehen, was sie Dir alles erklären wird. – Aber freue Dich schon jetzt dieser vollkommenen Ehrlichkeit und Einfachheit. Glücklich die Frau, die dieses Vertrauen einflößt, glücklich die Frau, in der die Liebe ihren Ruheplatz findet. Glücklich die Vermählten des September!

Jeder starke Regenfall bringt mir von neuem die süße Sehnsucht dieses Monats. Gestern bin ich zu Rad längs der Kornfelder einem verborgenem Bächlein mit umherhüpfenden Fröschen gefolgt. So ist es auch in La Chapelle, auf dem Wege der Guerris und überall, bevor das schöne Abenteuer zu Ende ist und man wieder in das Unwetter gerät. – Trotz dieses leidenschaftlichen Verlangens gibt es für mich nur die fröstelnde Rückkehr, ohne eine Menschenseele, am Ende des wundervollen, so sehnsüchtig erwarteten September dieses Jahres! Für mich gibt es nicht ›tant de bonheur‹.

Derweil habe ich, nachdem ich schöne Betrachtungen über das Gebet angestellt hatte, in voller Einfalt das Wort des Herrn vernommen:

›Ihr werdet meinen Vater bitten um das, was Euch not tut, auf daß Eure Freude vollkommen sei.‹

Und jeden Abend seit einem Monat bete ich aus der Tiefe meines Unglaubens und meines Jammers.

Ich gebe Dir, bevor ich schließe, den folgenden Satz der Kleinen zurück, den ich mir – ich weiß nicht warum – mit Entzücken immer wieder vorspreche. – Sie betrachtete meinen Uniformkragen und sagte lächelnd: ›Dein Regiment gibt's ja gar nicht! – Warum denn? – Hör nur, wie flüchtig die Nummer klingt – huit! huit! . . .‹

An die Familie Mirande, 14. Juli 1909

. . . Heute morgen bin ich mit meiner goldnen Säbelschärpe und meinen weißen Handschuhen vor ganz Mirande vorbeimarschiert. Ich bin aus der Wut nicht herausgekommen.

Wir sind seit Montag früh hier. Zwei Tage lang marschierten wir im Regen durch den Schlamm. Wir machten Quartier in Endoufielle am Ufer der Save, in Aurimont im Tal der Gimone und in Auterive am Ufer des Gers. Ich war froh, schließlich ›zu Hause‹ anzukommen.

Ich habe die drei Male bei armen Leuten übernachtet. Das letzte Mal – ein Haus mitten unter den Bäumen und Sträuchern des Tals – in einem großen Zimmer mit rotem Steinboden. Den ganzen Tag lang verfolgte mich der Anblick eines zwei Monate alten Babys, das mit der Hand am Mund eingeschlafen war. Ich konnte es nicht lassen, noch einmal zurückzugehen, um es zu betrachten.

Im Quartier überlasse ich es den durchnäßten und schwitzenden Leuten, wie sie zwischen den Spinnweben und dem Schutt des Gebäudes, in das ich sie hineinquetsche, zurechtkommen. Ich vergehe vor Mitleid, wenn ich dieses Elend, dieses wüste Durcheinander sehe; er erinnert mich an meine Erlebnisse, wenn sich nach langem Erschöpfungsmarsch herausstellte, daß die so sehnlich erwartete Unterkunft nur ein Winkel voller Gerümpel war! Dann aber, wenn ich weiß, daß sie ihr Stroh und ihre Suppe haben werden, überlasse ich sie sich selbst und vergesse sie. – Wie eine Mutter, die ihre Kinder versprechen ließ, daß sie artig sein werden, und die dann zu irgendeinem Vergnügen rennt. – Aber wenn ich dann um fünf Uhr zum Essenfassen zurückkomme, stürzen sie herbei, sobald sie mich nur von ferne erblicken, und berichten mir, wie es ihnen ergangen ist, beschweren sich und verlangen ihr Recht von mir. – Und während ich mir selbst schuldiger und jämmerlicher vorkomme als der Schlimmste unter ihnen, muß ich Recht sprechen, muß ich strafen, muß ich trösten! . . . Der eine hat sich betrunken, ein anderer war frech zu dem Unteroffizier, der in meiner Abwesenheit den Befehl führte, ein dritter hat mutwillig das Feuer unter der Suppe ausgehen lassen, und alle haben sie gesagt: ›Na, wenn der Leutnant zurückkommt, dann werdet ihr schon sehen!‹ Es ist mir eben nicht gelungen, fortzulaufen, ich blieb bei ihnen, ohne es zu wissen, wie der Herr, bei dem man seine Zuflucht sucht und der alles weiß. Und ich muß diese Aufgabe zu Ende führen, die sie mir da auferlegt haben, muß das erlösende Wort sprechen, muß die Schuldigen strafen! . . . Danach lasse ich sie die Suppe bereiten, die sie in meiner Gegenwart essen, schweigend und jämmerlich führen sie den Löffel zum Mund, so traurig sind wir alle, und so bitter wird ihnen dieses Abendmahl.

Ich weiß nicht, ob irgendeine Leidenschaft, irgendeine Liebe dieser Kraft gleichkommt, die ich auf dem Rückmarsch in mir aufsteigen fühlte, wenn ich all meine Leute ermuntert und neu gestärkt, wenn ich meine Schulter gegen das Rad gestemmt hatte, und wenn ich dann vor ihnen hermarschierte und sie beim Anblick des Kirchturms von Mirande ein Lied anstimmten. Aber kein anderer Offizier wird jemals dieses Gefühl kennenlernen; sie stecken zu tief im Dreck. Und außerdem ist es in Friedenszeiten auch so vorübergehend, daß einem kaum Zeit bleibt, sich die Brust davon schwellen zu lassen.

Die Landschaft ist mir ein bißchen entgangen. Ich nahm für die beiden anderen Leutnants Partei, zwei harmlose Burschen, die mein grober Hauptmann feige schikanierte. Schließlich zog er während des ganzen Marsches über mich her, bis ich ihn schließlich zum Teufel schickte. Aber zwischen Gimone und Gers gelang es mir doch, mich so weit von meiner Umgebung frei zu machen, daß ich das Land mit Liebe betrachten konnte. – An einem düsteren Sommermorgen, in aller Frühe, ein wenig vor den großen Ferien, ist ein kleiner Barbarentrupp vor nunmehr tausend Jahren im Gänsemarsch über diese grauen Hügel hinweggezogen, zwischen den weißen und verlassenen Türmen, um Castelnau-Barbarens, das Châteauneuf der Barbaren anzugreifen.

Seit ich wieder im Quartier bin, herrscht hier überall eine Atmosphäre wie nach den großen Ferien. Meine Wanduhr schlägt die Stunden wie die Turmuhr von La Chapelle. Kühe ziehen über die Straße. Heute morgen schien die Sonne von La Chapelle auf meinen Schreibtisch, sanft und taufeucht.

An die Mutter Mirande, 5. August 1909

... aber gerade wenn ich am tiefsten gerührt bin, am stärksten von Zuneigung überfließe, bin ich am härtesten und manchmal am grausamsten. Und später einmal wird sie, die meine Frau sein wird, oft weinen, falls sie mich nicht genug kennt. – Aber du, kennst du mich nicht?

Am 24. August 1909 heiratete Jacques Rivière Isabelle Fournier.

An die Mutter Mirande, 3. Sept. 1909

... Es ist sehr traurig, daß sogar meine Mutter mich nicht kennen sollte. Jacques schrieb mir hierüber in seiner Antwort: ›Jetzt, das heißt, seit zwei Monaten, verstehe ich Dich vollkommen. Auch ich bin der Meinung – ich war dieser Meinung schon, bevor Du sie aussprachst –, daß Du ein Anrecht darauf hast, nicht beurteilt zu werden wie die anderen. Ich leide nur, wenn ich sehe, daß Deine Mutter das nicht ahnt, und ich wünschte – da Du ja auch der Stärkere bist –, daß Du sie es ganz sachte und allmählich fühlen machtest, indem Du ihr die Dinge erklärst. Es darf sich kein Mißverstehen bilden, das mit der Zeit nur immer komplizierter und immer unheilbarer würde.‹

Und nun bringst Du mich in Geldangelegenheiten hinein, in Dinge, die ich am stärksten verabscheue und über die ich nie ein Wort geäußert haben möchte. Du gefällst Dir darin, sowohl meine Worte wie meine Handlungen auf das scheußlichste zu interpretieren.

Während ich doch gerade möchte, daß Du, selbst wenn Du mich irgend etwas Häßliches tun sahst, sagen sollst: ›Sicher hat er diese Angelegenheit wohl nicht im selben Licht erblickt wie ich; irgend etwas daran ist mir entgangen, und er wird es mir erklären.‹

Seit ich die beiden jungen Ehen Lhote und Rivière verlassen habe, bin ich entsetzlich allein und ohne Nachricht von irgend jemandem.

Ist Euch Jacques' große Ruhe in der Mitte der Feier aufgefallen, nach der Aufregung der vorangegangenen Tage und der Vorbereitungen? Und dieser Friede herrschte auch noch, als ich sie verließ. Es ist wie der Zustand nach einem unendlichen Schmerz, wenn man weiterleben, das Leben weiterhin ertragen muß. Nur daß es in diesem Fall das Glück ist, diese ungeheure Angelegenheit, mit der man leben muß. Und im Schweigen und langsam geschieht es, daß der große Aufruhr sich beruhigt. Ich werde niemals diese Starre kennen, diese Beruhigung, diesen Schlummer im Hause des Glücks. In mir ist zu viel Hochmut, zu viel Unzufriedenheit, die nichts auf der Welt vermindern kann, und vielleicht nimmt meine Seele zu viel Raum ein, um jemals eine Gefährtin neben sich dulden zu können.

An Rivière — Mirande, 5. September 1909

Mein lieber Jacques, meine liebe Isabelle,

Auch ich habe einen ganzen Abend lang nach Empfang Eurer Karte fieberhaft an Euerm Glück mit den Füßen in Sand und Wasser teilgenommen.

Ich hatte wieder den einsamen Strand vor Augen, die

ins Weite verlaufende Linie des Sandes, in der Ferne die Frauen, deren Schärpen der feuchte Wind entführte. Ich sah noch einmal jenen verzweiflungsvollen Augustnachmittag vor zwei Jahren, als ich auf die schaumgekrönten Wogen hinausblickte, die sich grenzenlos am grauen Horizont auftürmten. Wie verloren war ich damals! Wie litt ich doch angesichts dieser unendlichen Trostlosigkeit und Verlorenheit. Und wie sehr liebte ich sie dennoch! Weil ich auch sie niemals würde an mein Herz drücken können.

So hat sich also für den Rausch des glücklichen kleinen Mädchens Platz gefunden auf diesem äußersten Erdenweg, wo ich nichts zu finden wußte als den Sand, den beißenden Wind und die weiße Dunstwolke, die er am fernen Horizont emporwirbelte.

Habe ich mich nun sehr geändert? Denke ich an das Glück? Am heutigen Sonntagmorgen, im ersten Septemberfrost, habe ich mich eingeschlossen und lese die Bibel wie ein alter Engländer.

Seitenlang nimmt die Erzählung ihren schlichten und feierlichen Ablauf. Dann plötzlich ein Satz, der einen furchtbar emporreißt und aus der Welt herausschleudert, an den Rand des ›schrecklichen Abgrunds, in den man hinabstürzt‹!

›Aber der Engel des Herrn antwortete Manoah: Wenn du gleich mich hier hältst, so esse ich doch deine Speise nicht. Willst du aber dem Herrn ein Brandopfer tun, so magst du es opfern. – Denn Manoah wußte nicht, daß es ein Engel des Herrn war.

Und Manoah sprach zum Engel des Herrn: Wie heißest du? daß wir dich preisen, wenn nun kommt, was du geredet hast?

Aber der Engel des Herrn sprach zu ihm: Warum fragst du nach meinem Namen, der doch wundersam ist?‹ (Cur quaeris nomen meum, quod est mirabile?)

Was ist es denn, das bis zu Tränen erschütternde Verlangen, das dieses Wort in mir aufrührte?

Auf diese Art also werde ich mich quer durch die Welt begeben, mit einer großen, schweigenden und verborgenen Liebe zu allen Dingen. Aber manchmal wird meine Sehnsucht so stark sein, daß sie sich hinunterstürzen wird auf die andere Seite! Gleich einem, der auf einem Gebirgskamm anlangt und durch das Gezweig das ganze nächste Tal entdeckt.

Aber wird es jemals eine Frau, eine Frauenseele geben, geneigt die Reise zu wagen? Wird sie willens sein, sich mit einem Ruck loszureißen und nach dem furchtbaren unbekannten Königreich aufzubrechen?

Wohl habe ich Umgang mit Mädchen und Frauen gehabt. Und wer es mir vorwirft, beweist, daß er den Seelenhirten, den kranken Fürsten verkannt hat. Wer es mir vorwirft, der urteilt vom Fleische aus. Und unter diesen Frauen gab es solche, die blitzgleich ahnten, was ich ihnen bot und was sie zu nehmen fürchteten:

Eine, die mich eines Abends auf einem Wege im Schutz der Dunkelheit schmähte und über mein Gesicht spottete und dann fortging und weinte.

Eine, die mir sagte: Warum sehen Sie immer aus, wenn Sie vorübergehen, als fragten Sie: ›Und wer bin ich denn?‹ und als erwiderten Sie: ›Ich bin es!‹

Es gibt solche, die verstanden haben, was ich von ihnen forderte, die es aber nicht zu geben verstanden:

Eine, die den wundervollen Einfall hatte, zum ersten Stelldichein im Mantel einer Bettlerin zu kommen.

Eine, die ich mit ihrer älteren Schwester auf einer Parkbank traf; und als ich zur älteren freundlicher sprach, weil die kleinere mich stärker anzog, ging diese wortlos fort, als kehre sie heim, schnürte ihr Bündel, und man hat niemals erfahren, wohin sie geflohen ist, noch hat man sie jemals wiedergesehen.

Aber die ich am heftigsten beklage, das sind die furchtbarsten und traurigsten, jene, die nicht begriffen haben.

Es gab eine, die eines Abends vor dem Hause, dessen festliche Lichter durchs Laub blickten, während man drinnen Klavier spielte, in einer halbdunklen Parkallee für mich tanzte. Sie tanzte, um mir Freude zu bereiten; aber als sie bemerkte, daß ihr Tanz meinen Schmerz nicht tröstete, brach ihre große anmutige Geste ab, und sie zerschmolz in Tränen.

Es gab eine, die gegen Ende der Nacht ganz nackt in mein Zimmer kam, und sie bot mir ihren armseligen Leib mit der Stimme eines Menschen, der sich verirrt hat und der alles anbietet, um den Weg wiederzufinden.

Und es gab noch eine ...

Ich ende, aber ich hätte Euch noch hundert Dinge zu sagen.

Was ich Euch gesagt habe, sagte ich, um mir zu beweisen, daß ich Euch alles anvertrauen kann wie vor Eurer Hochzeit und daß Ihr immer noch versteht, daß man unglücklich und verloren sein und immer noch suchen kann.

Auch, weil Monsieur Lhote und Gemahlin mir zum Vorwurf machten, neulich mehrere Male von ›jungen Mädchen‹ gesprochen zu haben.

Lhote hat sich auch über die Gepflegtheit meines Anzugs aufgehalten. Wie Jacques der biblischen Martha gleicht, die sich um viele Dinge bekümmert, wo doch nur eines nottut, so gleicht Lothe den Jüngern, die dem Weibe zu Bethanien vorwarfen, daß sie ein Alabastergefäß voll einer köstlichen Salbe über Jesu Haupt ausgoß. Und sie sprachen: ›Wozu dienet dieser Unrat? Dieses Wasser hätte mögen teuer verkauft und den Armen gegeben werden.‹

Ich freue mich, daß Isabelle Marguerite Lhotes Freundin geworden ist. Die Grausamkeit, die Jacques mir vorwirft, geschah *vor* der ersten gemeinsamen Lektüre. Ich hatte zu ihr gesagt: ›Es gibt keine Kunst der Diktion‹, und sie hatte mir das mit wunderbarer Selbstbescheidung zugestanden. Wenn Ihr wollt, war das eine grausame Prüfung, aber ich bin sehr zufrieden, sie ihr auferlegt zu haben.

An Rivière Mirande, Dienstag abend
21. September 1909

Mein lieber Jacques,

Die ganze Rückkehrfreude heute früh zerschellte an einer Nachricht, die ich vorausahnte: SIE ist so verloren für mich, als wäre SIE tot. Ich werde sie auf dieser Welt nicht wiederfinden.

Das Wetter ist sehr milde. Die Sonne, die in meine seit zwei Wochen verlassene Wohnung eindringt, ist gleichsam besänftigt. Eine erschreckende Stille kommt mit den fernen Geräuschen dieses Nachmittags über mich. Der Schmerz, den ich erdulde, kennt kein Aufbäumen und keine Krisen, aber es ist der tiefste meines Lebens.

Die große in den letzten Tagen angehäufte Müdigkeit half mir zu schlafen. Beim Erwachen hörte ich, auf mein Lager niedergestreckt, lange Zeit einem Gemurmel zu, das durch mein Fenster aus dem Krankenhausgarten jenseits der Mauer an mein Ohr drang. In dem schweigenden sonnenwarmen Städtchen hatten sich dort Menschen zum Gebet versammelt. Eine schöne Stimme – offenbar die Stimme einer Nonne –, die jedoch müde und erdentrückt klang, wiederholte endlos: ›Jetzt und zur Stunde unsres Todes, so sei es – und zur Stunde unsres Todes, so sei es ...‹ Ich weiß nicht, was mich davon zurückgehalten hat, mit ihnen zu beten.

In Deinem Brief, der mich außerordentlich interessiert und an manchen Stellen sogar zum Lachen aufgelegt hat, berührte mich vor allem eine Stelle tief: ›Es gibt Treuepflichten ...‹

Auf einem Votivbild an der Wand einer armseligen Kammer in irgendeinem Bauernhaus las ich einmal: ›Ich suche ein reines Herz, um darinnen Ruhe zu finden. (Imitatio).‹

Aber ich kann nun lange suchen ...

LE GRAND MEAULNES

Nach Beendigung der Militärzeit ging Fournier nach Paris. Er lebte dort als Literaturberichterstatter. Zu dieser Zeit lernte er André Gide kennen und befreundete sich mit Charles Péguy.

1910 begann Alain-Fournier die konzentrierte Arbeit an seinem Roman ›Le Grand Meaulnes‹. Vor dem Roman erschienen 1910 und 1911 in der ›Grande Revue‹ und in der ›Nouvelle Revue Française‹ einige kleinere Erzählungen, die später mit anderem in dem Nachlaßband ›Miracles› durch Jacques Rivière herausgegeben wurden.

›Le Grand Meaulnes‹ wurde Anfang 1913 beendet. Der Roman erschien zuerst im Vorabdruck in der ›Nouvelle Revue Française‹ und im Oktober 1913 als Buch im Verlag Emile-Paul Frères in Paris. Eine deutsche Übersetzung erschien unter dem Titel ›Der große Kamerad‹ 1930 im Transmare Verlag, Berlin.

Alain-Fournier arbeitete in seiner letzten Lebenszeit an einem neuen Roman ›Colombe Blanchet‹.

Von *Jacques Rivière* an Fournier. Cenon, 30. März 1910

Mein lieber Henri,

Seit zwei Tagen will ich mich ständig an diesen Brief machen. Aber erst wurden wir durch Spaziergänge abgelenkt, dann war ich immer noch müde, und schließlich und vor allem muß ich täglich an M. schreiben, der im

Périgord ist. Das arme Bürschlein ist in einem Zustand entsetzlicher Neurasthenie, denkt nur an den Tod, verabscheut alle Welt und hat uns anscheinend angeklagt, wir vernachlässigten ihn. Es würde mir das Herz brechen, wenn ich dächte, er könnte mir böse bleiben.

Was ich Dir zu sagen habe, weiß ich noch nicht genau, aber ich fühle, es wird sich schon herausstellen. Wie immer werden es natürlich Vorwürfe sein. Wir haben uns nur unsrer Unterschiede wegen aneinander angeschlossen, nur weil wir uns auf das genaueste ergänzen, und wir bringen die Zeit damit hin, diese Unterschiede nicht aneinander zu dulden. Wenn Du wüßtest, was ich alles Schlechtes zu Isabelle über Dich sage! Und wie sehr mußt Du doch leiden, der Du niemandem etwas Schlechtes über mich zu sagen wagst! (Meine unerträglichste Eigenschaft ist die Art, wie ich es immer einrichte, recht zu behalten. Ich habe das von von meinem Vater. Oft fühle ich, wie Du sagst ›Natürlich, er hat recht ... Natürlich‹).

Aber all die Vorwürfe, die ich Dir jetzt machen will, kommen aus großer Liebe; ich hänge so sehr an Dir, Du bist mir so unentbehrlich, daß ich sie Dir machen will. Niemals vielleicht haben zwei Menschen so aneinander gehangen wie wir. Glaubst Du, ich werde mich damit zufrieden geben zuzusehen, wie Du Dich selber aufgibst, mit vierundzwanzig Jahren?

Du hast in einem Deiner Briefe etwas Entsetzliches geäußert: ›der Augenblick, wo man feststellt, daß man vielleicht dem Kredit nicht entsprechen wird, der einem gegeben wurde‹. Ich habe ›L'Esprit Souterrain‹ nicht gelesen. Aber ich verstehe, was Du sagen willst. Und das ist schmachvoll. – Nicht nur muß man halten, was man versprochen hat, man muß die Erwartung sogar übertreffen. Mit Geringerem kann sich ein anständiger Mensch nicht zufrieden geben.

Und nun, was ich Dir vor allem vorwerfe. Du sagst dann weiter: ›Hier bedürfte es der Hilfe. Aber an wen soll man sich wenden? Jedermann ist viel zu stark beschäftigt...‹ Den anderen die Schuld an der eignen Unterlassung geben. Das eben ist die große Feigheit. – In Dir steckt eine furchtbare Passivität. Du bist auf die Welt gekommen, und anscheinend bist Du in ihr nur in der Erwartung, sie wieder zu verlassen. Du würdest, ohne nachzugeben, die schwersten Lasten ertragen. Aber sowie es sich um die geringste Tätigkeit handelt, findest Du nicht die Kraft, ihr Genüge zu tun. Dir fehlt, was Pierre schon vor längerer Zeit in einem Brief an mich ›den offensiven Mut‹ nannte. Das Leiden findet Dich nicht feige, wohl aber das Glück. – Du schreibst Dein Buch nicht, nachdem Du Dir gesagt hast: ›Also drauf und dran‹, sondern nur, wenn eine Eingebung Dich zum Schreibtisch führt. Und wenn sie vierzehn Tage ausbleibt, dann schreibst Du vierzehn Tage lang nicht.

Und was am schlimmsten ist, Du rechtfertigst Dich noch. Du rechtfertigst Dich mit der Feststellung: ›So bin ich eben einmal.‹ Und Du siehst sogleich die Lächerlichkeit in dem Punkt, in dem die anderen von Dir abweichen. Aber Lächerlichkeit gibt es nur da, wo auch etwas Positives zu finden ist. Und besser lächerlich sein als nicht Genüge zu leisten. – Deine Hauptentschuldigung mir gegenüber ist eine Art allumfassender und allgemeiner Anklage, die Du gegen die ganze Welt erhebst, der Vorwurf, Deine Lebenshaltung nicht durch die ihre rechtfertigen zu wollen. Genau das hast Du in Deinem Brief zum Ausdruck gebracht, wenn Du erklärst: ›Diejenigen, die Zeit hätten, sind zu tugendhaft oder sind es nicht genug‹. Was bedeutet das? Blicke Dir selbst ins Auge, und Du wirst erkennen, dieser Satz kann nur den einen Sinn haben: ›Sie sind beschäftigt, während ich es nicht bin. Ist das gerecht?‹

In vielen Deiner Briefe finde ich diese Feindseligkeit gegen all und jeden und auch gegen mich, gerade als wolltest Du sagen (Du hast es sogar einmal gesagt): ›Martha, Martha, du bekümmerst dich um viele Dinge‹, um dann für Dich selbst hinzuzufügen: ›Ich hingegen bin bei Jesus‹. Ist hiervon nicht viel in der Art und Weise enthalten, wie Du den Katholizismus verstehst? Geschieht das nicht großenteils, weil er, auf gewisse Weise gedeutet, den Menschen der Aktivität enthebt und ihn denen gegenüber rein erscheinen läßt, die inmitten der Kümmernisse bleiben? Ich weiß nicht, ob das der Grund ist. Ich frage Dich. Und um es zu erkennen, mußt Du Dich selbst zutiefst prüfen. Aber solltest Du den Katholizismus als einen Kreuzzug akzeptiert haben, so wie Claudel sich seiner bemächtigt hat?

Ich habe oft gelitten, oder um auch gegen mich selbst aufrichtig zu sein, ich habe mich oft geärgert, wenn ich in Deinen Briefen diesen unausgesprochenen allumfassenden Vorwurf fand, den sie stets zu enthalten scheinen, diese Haltung eines mißverstandenen Opfers, die Du Dir beilegst. Mein genauer und grausamer Geist erwartete ungeduldig eine deutliche, greifbare Formulierung Deiner Beschwerden. Ich wollte, Du drücktest Dich gedanklich aus und nicht einfach mit Hilfe dieser – übrigens wunderbar herzbewegenden – Aufzeichnung von Gefühlen, der Du Dich bedienst. Oft hast Du mich aufs heftigste erschüttert mit der Beschreibung einer Stunde, die für jeden anderen gestaltlos geblieben wäre, für Dich hingegen mit schwerer Leidenschaft erfüllt war, wie neulich mit Deiner Darstellung der Angelusglocken über Paris, die einer Heraufbeschwörung des Ölbergs glich. Aber warum hat das tragische Fieber, das ich in diesen Zeilen fand, nicht in einem Aufschrei Befreiung gesucht? Warum führte es nicht dazu, daß Du wie Besme gesagt hättest: ›Nichts ist‹, oder etwas anderes. Dann hätte ich Dir geantwortet und Dich getröstet, mein armer Bruder. Aber ich kann nur auf Gedanken antworten. (Ich bin wie Du der Meinung, es gibt keine Entschuldigung für die Mängel, deren man sich schuldig macht. Aber zumindest gibt es Ursachen. Ich teile sie Dir mit.)

Aber jetzt glaube ich zu wissen, warum Du Deinen Kummer nicht formuliert hast. Weil Du ihn Dir selbst nicht zugabst. Weil er nur einen Beweggrund für Deine Schwäche abgab. Du verargtest allen, was Du nicht tatest wie sie.

Ich habe über die Ursachen dieser Passivität in Dir nachgedacht. Du hattest eine so schöne Kindheit voller Paradiesesträume, daß Dich die Kargheit des Lebens entmutigte, als Du diese Kindheit verließest. Es war, als hättest Du Dein Leben schon gelebt, als könntest Du es nun nur noch in Gedanken wiederholen, es Dir selber immer wieder vorerzählen. Das ist furchtbar. Aber das darf man nicht hinnehmen.

Ich will nicht, daß Du Dich einfach Deinen Träumen hingibst. Ich will Dich durchaus davon losreißen. Wenn wir miteinander sprechen, lasse ich mich oft dazu verleiten, dem zuzustimmen, was Du mir sagst. Aber wenn Du argwöhnst, daß dies nur geschieht, weil ich mich scheue, Dir zu widersprechen, dann gib Dich nicht damit zufrieden, verlange, mein wahres Urteil zu hören. Es ist nicht wahr, daß das Leben in Paris Dich derartig durcheinander bringen kann, daß Du zu nichts mehr fähig bist. Ich habe es anerkannt. Aber es ist nicht wahr. Du mußt früher aufstehen. Du mußt arbeiten. Du mußt durchhalten.

Ich weiß genau, Du wirst sagen: Wozu? Gut und schön. Ich kann Dir keine metaphysische Begründung dafür geben. Aber bedarf es denn wirklich einer metaphysischen Begründung? Ist Glück nicht Begründung genug? Willst Du wirklich in dies Furchtbare einwilligen, was ich Dir einmal schrieb: Nicht danach trachten, glücklich zu sein? – Antworte mir darauf. Glaubst Du nicht, daß man glücklich sein m u ß? Wenn man glücklich sein muß, so bin ich jedenfalls überzeugt, man kann es nur auf positivem Wege werden.

Der Beweis dafür, daß Du immer noch glücklich sein willst, ist ja, daß Du um Hilfe bittest. Ich bin dazu da, Dir diese Hilfe zu geben. Aber sprich zu mir. Bringe Deine Klage in deutliche Worte. Und laß sie so sein, daß wir gemeinsam dagegen ankämpfen können. Sollte es sich wirklich nur um einen Mangel an Mut handeln, dann mußt Du alles von Dir selber fordern. Und alles, was ich dann tun kann, ist der Versuch, hart zu Dir zu sein.

Verzeih mir alles, was ich gesagt habe. Ich weiß, es versteckt sich viel Hochmut dahinter. Aber man kennt die Leiden der anderen immer besser als die eignen. Darum will ich heute nicht nach meinen Lastern fragen.

Natürlich mußt Du mir antworten. Und solltest Du schon begonnen haben, mir zu schreiben, so werde ich Deine Antwort auf diesen Brief abwarten, bevor ich Dir wieder schreibe.

Jacques

... Ich danke Dir dafür, daß Du Dir die große Mühe gemacht hast, deren es bedurfte, damit wir uns nicht plötzlich auf immer voneinander getrennt fühlten. Ich will nun auch mit völliger Aufrichtigkeit versuchen, unser Verhältnis zu fixieren und gemeinsam mit Dir nachzuprüfen, worin wir fehlgehen.

Ich bin überzeugt, die Hauptursache unserer Mißverständnisse besteht ganz einfach darin, daß Ihr verheiratet seid und ich nicht. Du führst ein Leben, von dem Du mir nichts mitteilen willst. Und ich meinerseits kann Dir nichts weiter von meinem mitteilen. Wir sind also darauf angewiesen, einander nach dem Äußeren zu beurteilen, danach, was wir gelegentlich aneinander entdekken. Von mir weißt Du nur: Henri steht spät auf und arbeitet nicht viel. Von Dir könnte ich dasselbe denken wie ein beliebiger Dritter, nämlich: Die Jacques-Familie ist verschlossen.

Aber ich versichere Euch sogleich, ich beurteile Euch nicht auf diese Art, weil ich niemanden beurteile, und Euch schon gar nicht. Ich weiß, Ihr habt immer noch starke Sehnsüchte, die sich an all den kleinen Dingen und großen Widrigkeiten wund stoßen, von denen die anderen nichts wissen. Ich bedaure nur eins, daß ich nichts mehr davon weiß. Und wenn ich Euch einen Vorwurf zu machen hätte, dann wäre das der einzige. Jacques, wie wenig gleichst Du doch dem König Kandaules! Wie ›eifersüchtig‹ bist Du doch auf alles, was Dein ist! Wie ängstlich Du doch fürchtest, man könne mit groben Händen daran rühren! Wie ungern Du doch gibst! Deine Liebe ist wie ein Mensch, der bei fest verschlossenen Türen seine Schätze sorgfältig und demütig in einer Truhe vergräbt. Und Du weißt wohl, daß ich hierbei vor allem von Deinen Gedanken spreche.

Reden wir nun von mir. Alles was Ihr mir vorwerft, ist richtig, aber von einem bestimmten Gesichtspunkt aus. Es ist der Gesichtspunkt der Eheleute. Die Eheleute sind gezwungen zu ›realisieren‹, Land zu suchen. Die Eheleute ›urteilen vom Fleische aus‹. Für die Eheleute ist Ruth nur ein gemeines Weib, das sich für sechs Scheffel Gerste an einen vom Wein berauschten Greis verkauft hat. Für die Eheleute bin ich fraglos nur ein Faulpelz, der spät aufsteht und nicht viel arbeitet. Aber es ist gut, daß die Eheleute so sind, und ich werfe Euch nichts vor.

Dennoch aber sage ich nochmals, ich hätte Hilfe sehr nötig. Die Hilfe, um die ich gebeten habe, ist nicht diejenige, an die Ihr denkt.

Sich wieder ins Leben hineingeworfen zu finden, ohne zu wissen, wie man sich drehen, wohin man sich wenden soll. Abend für Abend immer deutlicher das Empfinden haben, es wird schon morgen zu Ende sein. Nichts mehr tun können, nicht einmal einen Anfang machen, weil es nicht der Mühe lohnt, weil man nicht mehr die Zeit dazu haben wird. Nach Vollendung des ersten Lebenskreises zu glauben, das Leben sei vorüber, und nicht mehr zu wissen, wie man weiterleben soll ... Von alledem bin ich allerdings nicht völlig geheilt. Aber eine große Anstrengung, die ich soeben unternommen habe, hat mich schon zu einem bedeutenden Teil befreit. Auch war es vielleicht nichts als Neurasthenie.

Diese Formulierung meines Leidens, die ich zu geben versuche, hat Jacques in einem Wort zusammengefaßt: Passivität. Er hat auch erraten, daß ich Geschmack am

Schmerz gefunden habe. Die Frauen, die ich gekannt habe, liebten oder verabscheuten mich, entdeckten aber jedenfalls diese Leidenschaft für die Grausamkeit in mir, für das Leid, das ich mir selbst und denen zufüge, die ich liebe. Aber das ist eine Sklavenwollust. Es ist wahr, man soll sie nicht lieben.

Was Jacques über meine Kindheit sagt, ist sehr wahr und sehr schön. Meaulnes, ›le grand Meaulnes‹, der Held meines Buches ist ein Mensch, dessen Kindheit zu schön war. Während seiner ganzen Jünglingszeit schleppt er sie mit sich. Für Augenblicke scheint es, als werde dieses ganze Traumparadies, das seine Kindheitswelt war, am Ende seiner Abenteuer auferstehen. So zum Beispiel an dem Wintermorgen, da er, nach dreitägiger unerklärlicher Abwesenheit, einem jungen geheimnisvollen und arroganten Gotte gleich, zu seinen Schulaufgaben zurückkehrt. – Aber er weiß schon, dieses Paradies kann es nicht mehr geben. Er hat auf das Glück verzichtet. Er steht im Leben wie einer, der fortgehen wird. Darin beruht das Geheimnis seiner Grausamkeit. Er entdeckt das Gewebe und enthüllt den Trug all der kleinsten Paradiese, die sich ihm darbieten. – Und an dem Tage, da das unableugbare, unentrinnbare Glück vor ihm steht und sein menschliches Antlitz an das seine lehnt, entflieht ›le grand Meaulnes‹, nicht etwa aus Heroismus, sondern aus Entsetzen, denn er weiß, die wahre Freude ist nicht von dieser Welt.

Ich weiß übrigens noch nicht, ob wirklich ›le grand Meaulnes‹ der Held des Buches sein wird – oder Seurel? oder Anne de Champs? oder ich, der Erzähler?

Ich weiß auch nicht, ob die Ideen, die ich hier entwickle, wirklich die Ideen des Buches sind; denn das Buch ist ein Abenteuerroman. Jacques möchte, daß ich mich durch

Ideen ausspreche. Aber warum will Jacques mich sich selber anpassen?

Ihr seht, zur Zeit ist dies die Geschichte des Menschen-auf-dem-Turm, der aber zur Erde heruntergestiegen ist. Es ist das ›namenlose Land‹, aber auch Jedermannsland. So wird es auch auf viel menschlichere Art schön sein. Der Titel, an den ich seit einiger Zeit denke, lautet:

›Der Hochzeitstag‹

aber das ist noch nicht endgültig. Vielleicht wird das nur der Titel eines Teils.

Ich will Euch gestehen, wieviel schon da ist (die Kapitelüberschriften gelten nur andeutungsweise):

Die erste Flucht	3 Seiten – unvollendet
Der allererste Anfang	3 Seiten – muß umgeschrieben werden
Sainte-Agathe	5 Seiten – unvollendet
Meaulnes' Reise	4 Seiten – unvollendet
Die Flucht der Kinder	1 Seite – unvollendet
Anne-Maries Tagebuch	1 Seite – unvollendet
Der Ausflug	3 Seiten – muß umgeschrieben werden
Der Hochzeitstag	6 Seiten – unvollendet
Die Hochzeitsnacht	2 Seiten – unvollendet

Außerdem ein vollständiger Plan und Notizen. Etwa ein Zehntel des Ganzen. Aber ich kann meine Arbeit keineswegs so mathematisch ausrechnen. Denn vieles ist bereits konzipiert. In acht Tagen kann ich die Arbeit, wenn es gut geht, beträchtlich weitertreiben.

Zur Zeit schlage ich mich seit vierzehn Tagen mit der Form einer Erzählung herum, die von größter Bedeutung sein soll. Ich möchte, daß sie erschreckend einfach wird. Und seit einiger Zeit bin ich zu Jacques' Schlußfolgerung gekommen, daß nämlich der Stil der des Matthäusevangeliums sein muß, ›das Französisch Christi‹, wie Laforgue gesagt hat.

Glaubt nur nicht, ich sei schwach oder demütig. Ich will, daß man an mich glaubt. Ich will die Welt meinem Wunsch anpassen. Darin ist all mein Stolz und all mein Schmerz enthalten.

Wenn Jacques und ich sich schlagen, so geschieht das, weil wir vergeblich jeder den anderen sich angleichen wollen. Und schließlich, wenn wir dessen müde sind, kommt dann jeder von uns, um den anderen aufzugeben und auf seine Besitznahme zu verzichten, auf das verzweifelte Mittel, nicht mehr an ihn zu glauben.

Ich werde alles von Euch erdulden, und ich werde Euch dennoch lieben, unter der Bedingung, daß Ihr noch an mich glaubt.

Für Jacques wiederhole ich noch einmal: Was mich gewaltig in den heiligen Schriften anzieht, ist die Einfachheit des Mysteriums, das sie offenbaren. Seite für Seite nehme ich die irdische Erschließung der wunderbaren Geschehnisse mit derselben leidenschaftlichen Gläubigkeit hin wie die Entfaltung einer Blume im Herzen der Juniwiese. Es kommt gar nicht in Frage, nicht zu glauben, – so wahr und verlockend ist das alles. Es ist die Vervollkommnung meiner Kunst, der Kuß meiner Geliebten, der Trost meines Schmerzes, der Überschwang meiner Freude. Es ist nicht, wie ich glaubte und wie Ihr glaubt, das Buch der Reinheit, für Engel geschrieben; nein, es ist eine unerschöpfliche Antwort auf alle meine Menschenfragen – es ist wie eine Herberge, von der

Jammes spricht, eine blaue Herberge, in der ich mich beschmutzt und ermattet niedergelassen habe; und mit dem Mittagsschlage entdecke ich, daß sie mich ins Paradies getragen hat, wohin sie mit ausgebreiteten Flügeln emporgestiegen ist.

Aber ich habe genug von der Handhabung von Ideen. Ich erwidere noch kurz auf die Ideen Jacques', auf die ich noch nicht eingegangen bin.

Es ist nicht richtig, daß ich das Opfer spiele und daß meine Briefe gegen das Universum gerichtete Anklagen sind. Ich weiß nicht, wie er darauf kommt. Es gibt keine Haltung, die mir stärker mißfiele.

Auf die von Dir gestellte Frage: Muß man glücklich sein? antworte ich mit ja; ich beginne wieder zu glauben, daß man glücklich sein muß, daß der ›grand Meaulnes‹ ein großer grausamer Engel ist, aber kein Mensch. Und was Ihr auch denken möget, ich glaube, in mir ist eine starke Glücksfähigkeit, eine unausgenutzte Begabung, Glück zu geben. Ich verlange nur von mir selbst den Mut, mich ihrer zu bedienen.

Das ist alles. Ich hatte mir vorgenommen, einige kleine Beschwerden gegen Euch zu Papier zu bringen, aber ich verzichte darauf. Häusliche Beschwerden. Vielleicht diese, die wichtig ist: – Nein, nichts!

Während ich Euch schreibe, trete ich von Zeit zu Zeit zum Fenster, auf den Balkon, und der feuchte Wind lehnt sich gegen mein ganzes Gesicht. Es ist Morgen. Manchmal erscheint ein Mensch an der Straßenecke – seine Gestalt spiegelt sich im regenschwarzen Asphalt – und verschwindet. Ich bin allein, auf der Höhe der Dächer, wie jemand, der alles betrachtet, ohne gesehen zu werden, und seine Freude hat.

Sonnabend vor Ostern spazierte ich bei Einbruch der Nacht in Richtung des Jardin des Plantes. Ich bewegte mich zum ersten Mal auf unser neues Haus zu. Ich wußte nicht genau, wie ich zu gehen hatte, und orientierte mich so ungefähr mit dem Gedanken: hier etwa muß es sein; und so geriet ich geradeswegs in die bevölkerten Viertel, wo die Menschen ihre lange und mühevolle Woche hinter sich hatten. Wie wenig war ich doch bei ihnen! Dort sollte mein Heim sein, und ich fühlte mich fremd allen Dingen und Menschen, wie ein Mann, der seine Geliebte sucht und weiß, er wird sie nicht finden.

Es gibt solche Augenblicke, wo ich weder die Stadt noch die Welt mehr ertragen kann. So viele Häuser, so viele Straßen, soviel Tausende Gesichter, unter denen ich das nicht finden werde, das ich liebe. Ein Grauen ergriff mich wie an meinem Todestage. Ich werde mitten in eine Landschaft geschleudert werden, die ich nicht kenne, mit der Gewißheit, daß meine Geliebte nicht dort ist, es wird nun Hölle sein oder Paradies, ich weiß es nicht, aber ich werde mit hassenswerter Ermattung und namenlosem Widerwillen verzweifelt alle Vorübergehenden mustern.

Unter den Vorübergehenden ist ein ganz kleines Mädchen. Sie bleibt plötzlich bei einer Caféterrasse stehen, setzt sich einen Augenblick an einen Tisch und ruft einem vorübergehenden Burschen zu:

›Zahlst du mir ein Bier, Liebling?‹

Die Straße steigt in die Dunkelheit hinauf. Der blaue Himmel wird bald schwarz sein. Ich wühle meine Sehnsüchte auf, ich erforsche meine Schmerzen, aber finde ich überhaupt noch meine Geliebte unter ihnen?

In diesem Augenblick hebe ich den Kopf und sehe in der hereinbrechenden Nacht eine blaue oder grüne oder weiße Kugel – die Farbe ist von solcher Reinheit, daß sie undefinierbar ist. Die Erscheinung überquert den Himmel in einem Zeitraum von zehn Sekunden und hinterläßt eine lange rote Spur. Unwillkürlich habe ich den Arm erhoben; diesmal hätte ich Zeit genug gehabt, einen Wunsch zu tun; ich tat es nicht. Die Leute hinter mir haben es auch gesehen; sie schreien auf und machen einander darauf aufmerksam.

Anscheinend war es ein Kugelblitz, den man von Falaise aus genau beobachtet hat. Und es bringt Unglück, wenn man ihn am Ostersonnabend sieht.

Wieder zu Hause. Euer Zimmer gleicht einem Glashaus. In ein Fenster drängt sich die Straße mit der Kirche und dem Omnibus am Ende. Im anderen steht ein Schornstein mit seinen Rauchfängen und der Mond, wie auf einem romantischen Farbdruck.

Fünf Uhr morgens tags drauf, im neuen Haus. All die unbekannten Geräusche kamen mich aufwecken. Manche kommen von sehr weit und durchgleiten die Luft wie das Rad der Gleitstangen. Es sind die fernen Rufe der ankommenden morgendlichen Eisenbahnzüge. Andere kommen unablässig von den Klöstern der Umgegend, kündigen die Zeit an, geben die Stunde, ertönen als Glockenspiel. Wieder andere sind namenlos, weder Glokken noch Pfiffe noch Stimmen. Sie glaubten nicht gehört zu werden, aber ich habe sie überrascht, weil ich genau auf ihrer Höhe bin. Es sind Schwingungen der Luft, Konventikel des Schweigens, Schatten und Sonne, die sich widersprechen, ein tausendfaches Kommen und Gehen, und Vorbereitungen auf einer unsichtbaren Straße, die gerade in Höhe meines Fensters verläuft.

Plötzlich war alles vorüber, und es war Ostersonntagmorgen.

An Rivière Paris, 11. August 1910

... Ein Eindecker flog quer am Himmel über uns vorüber. Zum zweiten Male habe ich dies mit unbeschreiblicher Erregung über Paris erblickt.

Es ist seltsam festzustellen, daß es noch keine Worte gibt für diese Erregung und daß es sicher niemals welche geben wird. Jeder versucht etwas zu finden: ›Der blaue Himmel, das Knattern der Leinwandflächen, der Azur, usw...‹, und das war zum Lachen. Lhote, der am nächsten Morgen die Abflüge mit ansah, sagte: ›Das Funkeln der Teile, des Motors in der Sonne...‹, und das war zum Lachen. – Es ist eine einfache Idee, ein einfaches Gefühl, das ist alles. Ein Etwas, das einem in der Brust aufsteigt und das eben keinen Namen hat. Man ruft aus: ›Ein fliegender Mensch‹, und damit ist alles gesagt.

Ich kam zu spät am nächsten Morgen. Sie stiegen um fünf Uhr auf.

Der, den ich vorbeifliegen sah, war der zweite an diesem Nachmittag: Weyman. Man sagte sich: ›Das ist der zweite; sie fliegen, um sich für morgen in Issy ihre Abflugstelle zu suchen. Und ruhig überqueren sie Paris.‹

An jenem Abend und am folgenden Tage hat Paris ein wunderbares Fieber durchlebt – ein Angstgefühl und eine Art von Stolz, die keine Worte fanden. – Nicht ein Mensch auf der Straße, der nicht daran gedacht hätte. Die Flugstrecke selbst – wie sehr eigenartig und außergewöhnlich und sehr einfach waren doch die Bedingungen des Wettflugs.

Hast Du Dir überlegt: Weyman, der den Weg verliert und in einer ihm unbekannten Gegend auf die Straße heruntergeht. – Er läßt einen Mann einsteigen, um sich den Weg zeigen zu lassen, und fliegt mit ihm weiter. – An einer anderen Stelle setzt er ihn wieder ab, weil dem Bauern übel wird – und steigt dann wieder auf.'

Zur Zeit, da ›Le Miracle des trois dames de village‹ noch ein Gefühl in mir erregte, war dieses Gefühl von dem jetzigen nicht sehr verschieden. Diese Geschichte von Weyman, die ich Dir hier berichte, ist ein Phänomen derselben Art wie das Heraustreten auf den Perron. In dem einen Fall kommt das Ungeheuerliche, die Offenbarung einer neuen Welt, dank einer Kombination von Leinwandflächen und Seilen zustande, im anderen dank einer geistigen ›Einstellung‹, einer Kombination verschiedener Gefühle, eines moralischen Schocks.

Mein Buch wird immer mehr ein Roman der Abenteuer und Entdeckungen.

Ich wollte Dir auch noch auseinandersetzen, daß die angespannten Seile, die Erfindung des Motors usw... oder der moralische Schock – nicht die bestimmenden Ursachen des Phänomens sind, das sie zustande zu bringen scheinen. Meiner Meinung nach haben die Entdeckungen eines Voisin und der Brüder Wright ebensowenig den Flug durch die Luft hervorgebracht, wie für einen schlafenden Menschen die Tatsache, daß er die Augen schließt, die neue Welt hervorbringt, in der er träumt, er könne fortfliegen wie ein Vogel. Ich erblicke in der

Erfindung – und um es noch genauer zu formulieren, in der Maschine – den Vorwand, den der Geist benutzt, um von einer Konzeption zu einer anderen überzugehen – von der Konzeption einer Welt, in der man nicht fliegen kann, zu derjenigen einer Welt, in der man fliegt.

Nicht nur einen Vorwand, sondern vielmehr eine Hilfe, eine Unterstützung. Nur der Geist kann dahin gelangen, diese neue Welt zu schaffen. Aber um ihm bei diesem ungeheuerlichen Unternehmen behilflich zu sein, braucht er die Unterstützung einer Erfindung, einer Maschine, die seiner neuen Art, die Welt zu konzipieren, eine vernünftige Rechtfertigung verleiht.

In dieser Trockenheit ist das eine Theorie, die nichts Neues besagt. Aber ich fühle, daß tausend Einzelheiten meines Lebens mich dazu gebracht haben, daran zu glauben. Das wird in meinem Buch intressant sein, wo die Welt so sein wird, ganz einfach und wunderbar, ohne Maschinen – aber auch ohne Theorien.

An Rivière La Chapelle, 28. August 1910

Ich hatte Mama wörtlich folgendes gesagt: ›Ich würde mich zu Tode langweilen, wenn ich nicht ein Ziel hätte, nämlich dieses Buch zu schreiben.‹

Und tatsächlich, diese Stille, die einem von der ersten Stunde ab auf den Schultern lastet, ist etwas Unerträgliches. Man fragt sich, ob man sie ertragen wird, ob man nicht zusammenbrechen wird. Und dennoch, wie nötig ist sie mir.

Ich sagte ihr auch: ›Es bedarf größerer Anstrengung und größeren Mutes, um ein erstes Buch zu schreiben, wenn es wirklich ein Buch werden soll, als ein unwissender Mensch benötigt, um ganz allein ein Haus zu bauen.‹

Ich quäle mich entsetzlich. Ich schlage mich mit allem herum. Tagtäglich, zu irgendeiner Stunde, schreibe ich eine Seite, vier Seiten nieder; dann versuche ich den ganzen Tag lang, das Übrige in Übereinstimmung zu bringen, zu kombinieren. Ich weiß nicht, ob es mir gelingen wird.

An Rivière Paris, 20. September 1910

Gestern habe ich das dritte Kapitel meines Romans ins reine geschrieben; es ist furchtbar demütig und lächerlich. Meine Mutter sagte:

›Es hat Wert. Es steckt etwas darin. Aber es ist nichts für junge Mädchen, die gerade aus dem Pensionat kommen! So etwas hat man noch nirgendwo zu sagen gewagt!‹

Als ich heute morgen diesen Brief anfing, entdeckte ich zufällig, daß die Handlung etwa die gleiche ist wie in ›L'Esprit souterrain‹. Aber das ist ein rein äußerliches Zusammentreffen. Kein Mensch wird jemals auf den Gedanken kommen, denn mein ganzes Ich steckt in dem Buch; meine Theorien ziehen darin vorüber, und es ist auch das darin, was nichts mit meinen Theorien zu tun hat, das, was ich hätte tun wollen, und – tant pis! – das, was ich getan habe . . .

Und danach wird ein dritter Teil kommen, in dem die Person des ersten (der Kindheit) wieder auftritt, und das wird dann immer höher steigen, höher als die Reinheit, höher als das Opfer, höher als alle Trostlosigkeit – empor zur Freude.

An Isabelle Paris, Dienstag, 20. Sept. 1910

Meine liebe kleine Schwester,

Du willst, daß ich Dir schreibe. Das bestimmt mich, Dir verschiedenes zu berichten. Vielleicht hätte ich Dir diese Dinge früher anvertrauen sollen. Du wärst mir sicher eine große Hilfe gewesen.

Ich habe sehr gelitten während der Ferien. Ich habe mich entschlossen, mit der Frau, die Du kanntest, Jeanne B., und die seit drei Monaten meine Freundin war, Schluß zu machen.

Sobald unsere Liebe ihren Anfang nahm, hatte sie alles für mich aufgegeben. Sie hat während der toten Saison an manchen Tagen von zwölf Sous gelebt. Sie aß nie eine Nachspeise, um zu sparen.

Sie hat vor einigen Jahren Verhältnisse gehabt. Ein Mann hat sich ihretwegen umgebracht. Sie war leichtsinnig, boshaft und launenhaft gewesen; für mich kniete sie in der Küche nieder, um die Fliesen zu scheuern.

Sie hatte etwas gleichzeitig Kindliches und Tragisches, was mich erregte. Ich glaube, niemals starke Liebe für sie empfunden zu haben, aber eine heftige Zuneigung.

Sie war sehr schön und außerordentlich intelligent. Sie besaß fast alle besten Eigenschaften.

Außer der Reinheit. Und darum habe ich sie so sehr leiden lassen. Wenn ich es mir jetzt überlege, frage ich mich, wie sie so lange alles aushalten konnte, was ich ihr zugemutet habe. Niemals wurde sie meiner grausamen Vorwürfe, meines grausamen Ungenügens, meines grausamen Verlangens nach Reinheit müde.

Ich habe sie fünf- oder sechsmal verlassen, für einen Tag, fünf Tage, acht Tage. Ein Wort, das sie sprach, eine Erinnerung, die sie hatte, genügten, mich zu vertreiben. Dann flehte sie mich an zurückzukommen, und ich kam zurück.

Auf die Dauer jedoch war sie schließlich überzeugt, ich würde sie eines Tages endgültig verlassen. Eines Abends, nachdem ich sie mit Schmähungen überhäuft hatte, verfiel sie, wie ihr das manchmal zustieß, in eine Art von Trance.

Nach tausend Versuchen schrieb sie: ›Da Du mich verläßt, kehre ich zu dem andern zurück. Ich habe Dich niemals geliebt.‹ – Und sie weinte zum Herzzerbrechen.

Und so wurde es denn auch etwa in Wirklichkeit. Ich blieb drei Wochen von ihr fern, und ich litt wie ein Verdammter, um sie nicht wiederzusehen und ihr nicht zu schreiben. Vielleicht wäre ich auf die Dauer schwach geworden; ich war allein, gequält, in Überdruß versunken. Ich hatte einen schlechten Augenblick gewählt. Aber schließlich tat sie, was ich wünschte, daß sie tun solle, denn sie besaß vielleicht ebenso stark wie ich ein Gefühl für das Unwiederbringliche und einen gewissen Heroismus. Sie ist zu einem armseligen Burschen zurückgekehrt, der sich nichts besseres wünschte, als sie wieder aufzunehmen, und sie schrieb mir: ›... Ich habe alles wieder aufgenommen, ohne mich auch nur Deiner zu erinnern ...‹

Vielleicht zum zehnten Mal schon ordne ich mein Leben wieder wie an einem Abend meiner Kindheit. – An jenem Abend hatte ich auf eine Seite, mit der ich mich lange abgemüht hatte, einen Klecks gemacht, und ich sagte mir: ›Wahrhaftig, ich wollte fast, mein Vater zerreißt diese Seite, und ich fange sie nochmal von vorne an.‹ Aber als er kam und sie zerriß, wurde ich von Schluchzen und Verzweiflung überwältigt.

So ist es heute um meine Genugtuung bestellt.

Ich war hier während der ersten Tage so allein und so trostlos, daß ich eines Morgens alles Mama erzählte. Ich warf ihr vor, uns früher nicht genügend verstanden zu haben, zum Beispiel nicht gefühlt zu haben, wie gerne wir nach Nançay wollten. Und dann erzählte ich ihr, wie ich den Mut gehabt hatte, mich von allen Mädchen zu trennen, mit denen ich Umgang gehabt hatte.

Es war ein Vormittag, wir waren schon weit gegangen. Nach einem Schweigen sagte sie:

›Und das Mädchen, mit der Du in letzter Zeit zusammen warst, hast Du auch verlassen?‹

Ich sagte: ›Ja.‹

›Also hast Du jetzt niemanden mehr?‹

Ich sagte: ›Nein‹, und brach in Tränen aus, und als ich mich zu Mama hinwandte, war ihr Gesicht vor Schluchzen ganz verzerrt, ganz gealtert. Ich tröstete sie. Ich erzählte ihr ein bißchen von dem Mädchen. Und seitdem haben wir kein Wort mehr darüber gesprochen. Sie zwingt mich nur zu essen und zu trinken, sie kommt auf Spaziergänge mit mir, und wir wandern, ohne Ruhepause.

Dabei aber im Grunde welch eine geheime Freude, welch eine Erneuerung. Wie jung ich bin! Lhote, den ich umständehalber von der Angelegenheit in Kenntnis setzen mußte, bedauert ›die arme Jeanne‹ und erklärt:

›Wie traurig ist es doch, wenn man nicht seine ganze Liebe verschwenden, seine ganze Jugend hingeben kann. Wenn G. sein Leben hätte mit der Elle messen wollen, was würde er dann nicht alles bedauern!‹

Aber wie könnte ich meine Liebe verschwenden, während irgendwo meine Frau so sehnsüchtig, so inbrünstig meiner harrt.

Was ich Euch voriges Jahr um die gleiche Zeit gestand, war die volle Wahrheit. Aber ich habe vor allem mit einem Mädchen Umgang gepflogen während des letzten Monats. Auch hier gab es Gründe, sie zu verlassen, und ich habe sie verlassen, mit schwerer Mühe. Manchmal bekomme ich einen Brief von ihr: ›Sie liegt auf der Chaiselongue. Krank. Sie erwartet mich.‹ Glücklicherweise glaube ich kein Wort davon.

Vielleicht wird in meinem Buch von ihr die Rede sein. Sie ist diejenige, die fortlief, ohne daß man wußte, was aus ihr geworden sei. Aber sie ist zurückgekommen. Sie war von vollendetem Liebreiz. Ich habe gelegentlich über sie geschrieben:

›Wer einmal dieses langsam erblühende Lächeln gesehen hatte, das zuerst die Mundwinkel auseinanderzog und sich dann gleich einem Kuß ausbreitete, usw. . . .‹

Und auch den folgenden Absatz:

›Ach, was war sie doch für ein stolzes kleines Mädchen! Wenn sie stehenblieb, den einen Fuß auf der Spitze vorgestellt, dann konnte man sie mit ihren weißen Schuhen für eine Seiltänzerin halten, die im nächsten Augenblick abspringen wird! Ihr Haar war schwarz und leicht geölt, wie bei den Korbhändlerinnen, die ihre Ware unter den Fenstern ausrufen. Sie hielt beim Gehen eine Hand in die Hüfte gestützt, und von Zeit zu Zeit warf sie den Kopf zurück. Man mußte unwillkürlich an eine junge Zigeunerin denken. Und sagte jemand am Abend im Ort: ‚Mademoiselle Laurence ist krank‘, so dachte man: Die Zigeunerin ist krank. Ein Licht schimmert durch den roten Vorhang ihres Wohnwagens.‹

Ich zitiere Dir diese Stellen, weil sie unterhaltsam

sind. Aber sie werden in meinem Buch nicht vorkommen. Sie sind zu ›niedlich‹. Ich wollte Dir nur zeigen, daß nichts Dramatisches daran war.

Hätte ich dieses Jahr den Mut gefunden, Dir gewisse Dinge zu gestehen, so hättest Du mir vielleicht sehr helfen können. Du kannst Dir sicher vorstellen, welche Hölle von Erwägungen und Überlegungen bei alledem in meinem Kopf wütete.

Bichet schreibt mir, für mich sei alles einfach. Und wie kompliziert ist dabei doch alles. Wie mich doch alles quält.

Eine Zeitlang betrachtete ich vor allem die Frage der Reinheit alle Augenblicke unter einem neuen Gesichtspunkt. Und jedesmal beschäftigte ich mich lange mit ihrem neuen Aspekt. Um dieser Quälerei ein Ende zu bereiten, mußte ich auf einem Blatt Papier, hintereinander, so wie sie mir gerade kamen, die Gedanken aufnotieren, die mich erregten, um mich nicht ständig im selben Kreise zu drehen.

Damals hätte es fraglos nur des beratenden Worts einer unverdorbenen und ehrlichen Frau bedurft, um all dies zu verscheuchen.

Jedenfalls bin ich nach wie vor überzeugt, angesichts meiner Geliebten, falls ich sie wiederfinde, wird mir alles völlig klar und einfach erscheinen.

Aber ich arbeite wie wild an meinem Buch. Tagtäglich hatte ich meine Seelenpein, meine Mutlosigkeit zu bekämpfen. Und wenn ich endlich Ruhe gefunden hatte, konnte ich mich wieder ans Schreiben machen.

Vierzehn Tage lang bemühte ich mich, das Buch künstlich so aufzubauen, wie ich es begonnen hatte. Es kam nicht viel dabei heraus. Schließlich ließ ich alles liegen, und eines schönen Abends habe ich dann, wie Mama sagt, und wie ich glaube, ›meinen Weg nach Damaskus‹ gefunden.

Ich begann, einfach und unmittelbar, wie einen meiner Briefe, in gedrängten und lustvollen Absätzen eine ganz einfache Geschichte hinzuschreiben, die meine eigne sein könnte. All die Abstraktheit und Philosophie, in die ich mich verstrickt hatte, schickte ich zum Teufel. Und das Erstaunliche ist, daß die Niederschrift nun dennoch alles enthält, mein ganzes Ich, und nicht nur – abstrakt und potenziert – eine meiner Ideen.

Neulich habe ich meiner Großmutter und Mama ein recht mattes Kapitel vorgelesen. Ein Übergangskapitel. Sie waren sehr ergriffen. Seitdem geht es ganz von selbst.

Ich habe Mama die Liebe zu Pferden beigebracht. Ich lehrte sie, das mächtige und ungeschickte Tier streicheln. Florents Pferd hat eine Abneigung gegen Pfarrer, weil sie es zu sehr geschlagen haben. Wenn es einen Pfarrer sieht, legt es die Ohren zurück und beginnt zu beißen. Maman-Barthe, der man das erzählte, bemerkte darauf: Also im Grunde ein Republikaner?

An Rivière Paris, 21. April 1911

Meine lieben Kleinen,

Ich habe meine Ferien in Paris verbracht, schlechte Ferien. Ich habe mich nach rechts und links vergeudet, vor allem nach links. Copeau kam mich eines Abends abholen, um mit mir bei den ›Arts‹ essen zu gehen; ein andermal kam Bichet, um mit mir aufs Land zu fahren. Massis nahm mich nach Enghien mit, und gestern holte mich Fargue zum Mittagessen bei Maxim ab, und um dann den Nachmitag mit ihm zu verbringen. Ich habe also nichts gemacht als meine täglichen hundert Zeilen ›literarische Chronik‹.

Das Wetter ist zum Heulen. Die Bäume säumen die Avenuen bereits in langer düsterer eisiger Prozession. Neulich abends vor dem Unwetter traten langsam eine Nonne und ein junges Mädchen unter den niedrigen Zweigen hervor.

Ich bin hier in Paris zur Zeit mit einer alten Bäuerin bekannt, deren Tochter mit einem jungen Mann fortgelaufen ist. Sie will nicht heimkehren, bevor sie die Tochter nicht wiedergefunden hat, und ihre übrigen Kinder wollen sie nicht ausgehen lassen. Sie sagt: ›Wenn ich nur einmal allein ausgehen würde, dann würde ich sie schon wiederfinden und würde sie noch am selben Abend heimbringen.‹

So würde ich auch meine Geliebte wiederfinden, wenn ich noch diesen starken Glauben besäße.

(Ihr müßt nicht glauben, ich liebte eine andere. Ich bin sehr unglücklich.) Es ist jetzt sechs Jahre her!

Ich habe die ›Indépendants‹ am Eröffnungstag nur sehr unvollkommen gesehen. Ich will es Dir nicht verbergen: ich finde Rousseau wundervoll. Wenn noch Zeit dazu wäre, würde ich mir eine kleine Landschaft von ihm gekauft haben. Angesichts von soviel Lieblichkeit und soviel Glauben hat Apollinaire, glaube ich, recht, ihn einen Engel zu nennen.

An Rivière La Chapelle d'Angillon, 18. Juli 1911

Meine lieben Kleinen,

Ich bin durch das Fenster über den Geranien ins Haus hineingesprungen. Maman-Barthe hatte erwartet, daß ich vom Ort her käme.

Ich aber war zu Rad von draußen her gekommen. Es herrschte volle Mittagsglut. Am Wege waren Marktstände aufgeschlagen. Ganz fern rief eine Frau ihre Blumen aus: ›Margueriiite ...!‹

Maman-Barthe schloß die ›verrammelte‹ Tür auf. Sie stieß einen Schrei aus.

Sie ist noch immer dieselbe und bei guter Gesundheit. Noch ebenso ein Quälgeist, aber auch noch ebenso ruhig. Ich sagte: ›Weißt du, ich habe furchtbaren Hunger!‹ – Sie erwiderte ebenso emphatisch: ›Dann wirst du eben furchtbar essen!‹

Dann sagte ich: ›Sag mal, wo soll ich mein Waschzeug hintun?‹ – Sie antwortete, wieder genau so emphatisch: ›Du mußt es hintun, wo du es wiederfindest ...‹

Alles, was ich hier tue, soll zu noch größerer Erholung beitragen. Ich werde Euch also keinen langen Brief schreiben. Gestern unterwegs packte mich die Gewißheit bei der Gurgel, dem Viertel um die Börse und den ›Croissant‹ entronnen zu sein, die Gewißheit, daß ich zum ersten Male seit sechs Monaten den Tag verbrachte, ohne bis zum Abend meine ›Chronik‹ zusammentragen zu müssen ...

Ich schlafe ausschweifend. Ich halte einen Mittagsschlaf von einer bis zu dreieinhalb Stunden. Ich stehe früh auf. Vormittags und nachmittags mache ich einen langen Ausflug zu Rade.

Gestern nachmittag Le Vivier – Ennordres – Presly –

La Chapelle. Ernte. Das Korn in Hocken auf den weiten Feldern, wo die Sonne untergeht. Noch gibt es Vögel, die manchmal singen wie im Monat Mai, wie zum Frühlingsbeginn. Ein ganz besonderer, sehr frischer Gesang.

Heute vormittag war ich bei den ›Beaulande‹*, bei den Bergerons. Aber ich bin meiner Phantasie gefolgt. Ich wollte über die Straße von Le Vivier nach Ivoy hingelangen. Eine sehr schöne Straße mit gelegentlichen schönen düsteren Ausblicken. Ich wäre dann auf irgendeinem Pfad zu den Bergerons heruntergekommen. Aber ich habe mich verirrt.

Entmutigt hatte ich schon auf die Bergerons verzichtet. Es war zehn Uhr. Ein strahlender Sonnenvormittag. Das weite Land. Ich folgte einer großartigen und unvergeßlichen Eingebung.

Ich schwenkte mit meinem Stahlroß in den nächsten Pfad ein, auf den ich stieß. Zweimal – nach etwa zwei Kilometern in der schwülen Stille, und dann unter den Zweigen in tiefem Schatten – hörte der Weg auf, wie verrammelt. Ich stieg ab und bog die Zweige auseinander, um hinauszublicken. Zwischen den hohen Haselnußhecken lag ein schön abgezirkeltes, ährenschweres und völlig einsames Feld, das gerade ganz ausgereift war.

Völlig einsam, völlig verloren. Und doch weiß ich, irgendwo liegt ein Bauernhof, wo man dieses Feld mit einem einzigen Wort bezeichnet, und jedermann weiß, wovon die Rede ist. Zum Beispiel am Abend, bevor man es abmähen geht.

Niemals noch hatte ich mich so tief, so verlassen in die Landschaft versenkt.

Schließlich stieß ich auf Wege, die über und über mit

* Name aus ›Le Miracle de la Fermière‹.

Strohhalmen ausstaffiert waren und mit Kuhfladen, die also irgendwohin führten.

Nach sehr langer Zeit traf ich am Rand eines Tümpels auf ein Häuschen, das so wacklig auf seinen vier Wänden stand, daß es schien, als könne man es fortpusten. Der obere Türflügel stand offen. Ein Sack lag davor. Völliges Schweigen. Schließlich erschien aus der Tiefe des völlig finsteren Innenraums eine kleine Marie-Claire, die ganz allein war. Es war ein reizendes Kind. Sie sagte: ›Es ist heiß! – das hier ist die Petite Boulatte.‹ Sie zeigte mir den Weg zu den Bergerons. Dann ging sie ins Haus zurück.

Und so langte ich schließlich auf dem Hof der Bergerons an. Hinter dem Fenster des Wohnhauses blickte eine Frau heraus, wohl die Bäuerin. Ein junger Mann mit einem kleinen Kind kam heraus. Hinten rechts schloß der alte Calande eine Zauntür, einen Henkelkorb am Arm.

Ich ging auf ihn zu, und um etwas zu sagen, fragte ich ihn nach dem Weg nach La Chapelle. Dann stellte ich mich vor. Er bot mir ein Glas Wein an. Es ist furchtbar schwierig, mit einem Bauern zu sprechen, ohne ihn mißtrauisch zu machen, sich ihm mit der Sprache anzupassen. Mit ihm komme ich aus. Aber ich nahm sein Glas Wein doch nicht an. Er bestand nicht darauf.

Ich sagte: ›Bemühen Sie sich nicht, Monsieur Calande. Ich hab's nicht eilig . . .‹

Er sagte: ›Warten Sie nur eine Minute, ich hab da ein Gänschen, das hinkt . . .‹ Und er warf ihm im Vorbeigehen etwas Korn hin.

Dann begleitete er mich und erklärte: ›Ich hab schon Zeit! Noch dazu, wenn's heißt, jemandem den richtigen Weg zeigen . . .‹ (Er sagte das mit größtem Ernst; es war offenkundig, daß die Erde für ihn immer noch riesig groß ist und daß man sich hier immer noch leicht auf ihr verirren kann.)

Er sprach von der Ernte, von seinem Vieh, vom Jahr, das gut gewesen war, von den Landarbeitern. (›Die Welt ist teuer dies Jahr, darum muß man sich einschränken. Aber die Arbeit wird trotzdem getan.‹) Von der Blüte (›Blüte hat's gegeben, aber kein Obst; der Frost kam gerade, wie die Frucht anfing sich zu bilden, und der Saft ist steckengeblieben.‹) Schließlich legte er mir beim Gehen die Hand auf die Schulter, ein bißchen nach Art der Trinker (siehe meinen Beaulande). Und er setzte mir auseinander, wie ich zu fahren hätte, mit einer Stimme, die bis zum anderen Ende des Feldes hinübertönte. Ich fühlte, wie völlig unmöglich, wie absurd, wie sinnlos es gewesen wäre, hätte ich versucht, ihm von den Dingen zu sprechen, die sich einstmals dort ereignet hatten.

Ich kehrte zufrieden heim. Ich hatte nicht gehofft, ihm zu begegnen und mit ihm zu sprechen. Maman-Barthe, die mich erwartet hatte, amüsierte mich, weil sie so wenig im Bilde war. Sie wußte, daß ich dorthin gewollt hatte, und sie sagte:

›Na, hast du ihn getroffen, den Bergeron? ... Ich habe mich schon gefragt: Wann wird der Junge wohl zurückkommen? Ich weiß ja, was das für ein Witzbold ist! Der kann einen schon unterhalten!‹

Ich umarme Euch, und Maman-Barthe gibt Euch tausend unnütze Ratschläge, die aber der Beweis ihrer innigen Liebe sind.

An Rivière La Chapelle d'Angillon, 21. Juli 1911

... Ich lese den ›Jüngling‹. Gleich von der furchtbaren Verwirrung des Anfangs an begann ich zu fiebern. Ich habe den ersten Teil beendet und bin überwältigt.

Eine Einzelheit: Die außergewöhnliche Bedeutung, die bei Dostojewski diese anrüchigen Zeitungsinserate von Frauen annehmen, und all das ... Man errät, daß er sich manchmal selbst in diese Dinge verloren hat, daß er von einer bösen Begierde hineingetrieben wurde, unablässig zwischen Gut und Böse schwankte, sich unablässig bald gegen das Böse, bald gegen das Gute wehrte ... Hinging, um das Böse zu tun, und noch mitten im Bösen wie ein großer heldenhafter Heiliger handelte. Wollte man ihn darstellen, so müßte man ihn mit glühendem Kopf und feuchten Händen zeigen, wie er auf der vierten Seite eines schmutzigen Blättchens herumsucht und noch nicht weiß, ob es geschieht, um eine Frau zu vergewaltigen oder ihr anonym sein letztes Fünffrancsstück zu schicken.

Der Ton, allein schon der Ton der Person des Jünglings, Arkadij, ist von einer erschreckenden Realität. Und was für eine ungeheure Gestalt ist Werssilow. Und Kraft ... (›Ich glaubte zuerst, er mache sich über mich lustig, aber ich erblickte in seinen Augen den Ausdruck einer inbrünstigen Güte.‹)

Gestern abend, es war schon dunkel, stand ich versteckt zwischen den beiden Torpfosten, die Ellbogen hatte ich auf das niedrige Gatter gelehnt. Zwei Menschen wollten die Kühle genießen, der eine kam vom Ort, der andere kroch langsam wie ein Insekt aus seinem Häuschen, sie gingen vorüber, blieben stehen, schwatzten. Ein

Bursche stand an seinem Fenster; er sagte zu einem jungen Mädchen: ›Einundzwanzig Jahre, Fräulein? Tja, wenn ein Fräulein über zwanzig ist, dann muß sie anfangen sich umzutun, sonst könnte sie eine alte Jungfer werden...‹ Er sprach diese Worte mit einer Art grobschlächtiger und freundlicher Höflichkeit... Eine Magd vom Lande und eine aus dem Ort gaben schwerfällig und mühselig ihr Urteil über die Welt ab, was aus ihr geworden ist, wie zum Beispiel die jungen törichten Dinger von fünfzehn Jahren alle Dienststellen wegschnappen. Die Wagenschmiede ließen sich nach der Abendsuppe müde von der Arbeit, gähnend in den kühlen Graben gleiten. Die Frauen entfernten sich; dann knirschte im Schatten wieder ein Schritt auf dem Kies der Straße. Es war unendlich erschütternd.

An Rivière — Mirande, 1. September 1911

Mein lieber Jacques,

Ich bin sehr ausgestoßen, sehr unglücklich, sehr zernichtet.

Die Müdigkeit, die ich herbeirief, ist gekommen. Sie hat die Langeweile vertrieben. Sie hat ihre Stelle eingenommen, und das ist auch alles. Manchmal stelle ich mir Jacqueline vor, ich versuche, sie mir vor Augen zu rufen, und mich packt ein wildes Verlangen, sie ein wenig im Arm zu haben. Das ist alles.

Ich bin so wenig lebendig wie ein Bleisoldat auf einer Reliefkarte. Man überanstrengt uns grundlos. Wecken um vier oder fünf Uhr früh, und um zwei Uhr nachmittags geht es in der größten Gluthitze schon wieder los, ohne daß man Zeit zur Mittagsruhe gehabt hat, nur um auf einer Wiese halb im Schlaf irgendeine Übung durchzuführen.

Die Landschaft ist tot, ausgedörrt. Ich hasse sie. Ich finde keine schattigen Stellen mehr, unterm Laubwerk, wie noch vor zwei Jahren. Fünfzehn Kilometer im Umkreis bedeutet sie für mich nur noch Manöver.

Manchmal sage ich mir: Was? Immer noch? Ich bin immer noch da? Das nimmt also nie mehr ein Ende? Vor zwei Jahren führte ich diesen selben Menschentrupp zur selben Stunde auf derselben Straße zur gleichen Übung an und sagte mir: ›Sicher kommt der Hauptmann, da heißt es aufpassen.‹ Wird man mich denn nicht endlich einmal in Frieden lassen! Seit fünf Jahren geht das nun so!

Alles ist tot. Auf dem Marktplatz drehen sich abends ein paar Gruppen im Kreise. Wir haben einen Schreiber, der bis zehn Uhr abends unaufhörlich auf einer Seite des Platzes hin- und hermarschiert, als wäre er auf dem Hof eines Gymnasiums.

Gelegentlich überkommt mich die Lust, mit meinem Fahrrad in eine der Menschengruppen hineinzufahren, die schwatzend vor ihren Türen stehen.

Du siehst, es geht mir nicht gut, es geht mir gar nicht gut. Aber ich sollte nicht klagen, es lohnt sich nicht.

Du kannst Dir vorstellen, mit welchen Gefühlen des Schmerzes, der Empörung und des Zorns ich den Brief gelesen habe, in dem Du mir von der Gefahr schriebst, in der Isabelle geschwebt hat. Sollte wirklich keiner von Euch den Mut gehabt haben, dieser Wärterin heimzuleuchten. Ich wußte genau, der große achtsame und geschmeidige Körper von Schwester Calixte würde das richtige sein für unsere kleine Isabelle.

Neulich habe ich geträumt, ich hätte Isabelle ihr Hochzeitskleid geschenkt... (Das muß zeitlich mit dem Geschenk von A. L. zusamengefallen sein) – (dies zu Mamas Kenntnis) – es war eine wundervolle, blendend schöne Robe, sie schimmerte.

Ein andermal habe ich Jacqueline die ganze Nacht lang im Arm gehalten. Dann war sie wieder schon acht oder neun Jahre alt. Sie sagte in verschlagenem Ton: ›Ich bin der Sprößling und weiter nichts!‹ Und sie beklagte sich, nicht mehr so geliebt zu werden wie damals, als sie ganz klein war...

Ich möchte sie gerne mit offnen Augen wiedersehen. Es war so furchtbar und so überwältigend zu beobachten, wie sie zum ersten Mal die Augen aufschlug; sie drehte sie erst völlig nach rechts, dann völlig nach links, wie ein Wesen, das seinen Blick noch nicht kontrollieren kann.

Und mein großer Liebling Isabelle? Dürfte ich ein bißchen bei ihr bleiben, wenn ich da wäre? Wie schwer war es doch, ihr nur kurz die Hand zu reichen und dann gehen zu müssen!

Morgen abend fahre ich nach Saint-Sauveur. Ich habe A. L. geschrieben. Heute früh kam sein Telegramm: ›Erwarte Sie Sonntag, Maison Castagne oder Bahnhof Luz. Mitteilen Sie genaue Zeit. Ich danke Ihnen.‹ Ich werde morgen abend in Luz ankommen, aber ich wollte nicht annehmen, daß er zum Bahnhof kommt. Ich werde tags darauf, Sonntag morgen, zu ihm gehen.

De L. hat mir die ersten unkorrigierten Fahnen und das Manuskript* geschickt. Ich habe geantwortet, sie hätten bereits korrigiert sein müssen und ich würde ihm

* Eine Arbeit ›Portrait‹, die in dem Septemberheft der ›Nouvelle Revue Française‹ erschien.

die Fresse einschlagen, falls ein einziger Druckfehler drin ist. Ich finde, er hätte sich darum kümmern müssen.

Versäumt nicht, mich über die Ammenfrage auf dem laufenden zu halten.

Bei dieser Gelegenheit möchte ich Jacques Rivière daran erinnern, daß die französischen Verben auf -eler und -eter den Endkonsonanten vor einem stummen ›e‹ verdoppeln (téter: elle tette).

(Junger Oberlehrer, unverheiratet, dabei aber in interessanten Umständen, erteilt französischen Unterricht, usw. usw. ...)

Ich habe auf der Fahrt den zweiten Akt von ›L'Annonce faite à Marie‹ gelesen. Er ist noch furchtbar viel quälender als der erste. Das Opfer ist härter, weniger freiwillig. Ein Mädchen kommt darin vor, das entsetzlich leidet. Nicht länger der lächelnde Engel aus ›La Jeune Fille Violaine‹, dem alles leicht fiel.

Es ist seltsam, wie hier – ebenso in ›La Ville‹ – diese zweite Version zur ersten hinzukommt, sie aber nicht ersetzt. Es ist keine zweite Version, sondern eine andere.

Ich lese aus Ermüdung ›Die Riesen kommen‹ von Wells. Sehr schlecht. Sein Handlungsvorgang ist ermüdend. Die Einführung ist immer die gleiche, zwei lächerliche Wissenschaftler, die sich mit Formeln abgeben, von denen der Verfasser behauptet, kein Mensch könne sie verstehen, und das sind dann Wells' berühmte ›wissenschaftliche Voraussetzungen‹. Peinlich ist mir auch die monströse Seite des Abenteuers. Ich liebe das Wunder nur, wenn es fugenlos in die Wirklichkeit eingelassen ist. Nicht, wenn es sie über den Haufen wirft oder über sie hinweggeht. Es gibt da allerdings eine Geschichte von Riesenwespen, die man wie Autos von weitem herannahen hört, das ist nicht schlecht gemacht. Ich bin noch nicht zu Ende damit.

Hast Du gelesen, was Bachelin im ›Paris Journal‹ geschrieben hat? Ein Skandal. Das schlechteste ›Feuilleton‹, das ich zeit meines Lebens gesehen habe. ›Er nahm eine Fahrkarte dritter Klasse für fünf Francs fünfundvierzig. Er zahlte mit einem Zehnfrancsstück. Der Schalterbeamte gab ihm vier Francs und elf Sous heraus ...‹ Und noch größerer Blödsinn. Man spürt den Burschen heraus, bei dem alles zu Geld wird.

Gerade wendet sich meine Ordonnanz an mich. Er sagt: ›Nicht so einfach, sich auf einer Karte auszukennen, was? Ich gucke, aber ich erkenne nichts ...‹ Er setzt sich mit meiner Karte auf die Fensterbrüstung. Dann blickt er hinüber zu den Schneiderinnen auf der anderen Seite: ›Die Kleine liebt die Soldaten, was? Sie macht sich an alle heran, die vorübergehen, Herr Leutnant!‹ Ein famoser Bursche. Ich habe ihn mir selber ausgesucht. Er heißt Lajous.

Aber ich kann noch nicht wieder mit der richtigen Freude Verständnis für die Leute aufbringen. Ein bißchen ging es gestern, nach einem Vortrag, den ich ihnen über die Arbeiterrenten hielt. Sie waren um mich versammelt. Sie hörten mir zu. Aber es wurde etwas verdorben durch die politische Seite der Angelegenheit.

Weiter sagt meine Ordonnanz: ›Als er die alten Jahrgänge abziehen sah, hat er geheult; wirklich, er heulte wie eine Schnecke! ... Drei Tage lang hat er sich vor den anderen versteckt; so übel war ihm zumute ...‹

Ich komme vom Abendessen. Morgen erscheint ein

General bei uns. Sicher werde ich erst Sonntag früh fortkönnen. Wie langweilig! Ich werde A. L. telegraphieren.

Donnerstag den 7. gehen wir ins Manöver – in der Nacht vom Mittwoch auf Donnerstag. Am 18. kommen wir zurück und werden entlassen.

Ich habe Suarès' ersten Aufsatz in der ›Grande Revue‹ über Napoleon gelesen. Schlecht.

Ich wollte Dir noch vieles andere sagen. Aber ich bin müde. Ich merke bis zum Ekel, daß ich im Augenblick leer bin, völlig leer. Ich rechnete auf diese Reise, die nun in Frage gestellt ist.

Ich wollte Dir von meiner ›Vernunft‹ sprechen. Ich habe vor kurzem Briefe wieder gelesen, die ich von Brest aus an meine Eltern geschrieben hatte. Heute erinnere ich mich an Brest als an eine Hölle, aber die Briefe fand ich voller Vernunft und guter Laune; von einer Vernunft, die einem das Herz abdrückt, so sehr spürt man Fieber und Leiden dahinter. Dabei sind es nur die Briefe eines Schuljungen, in denen ich meine guten Noten aufzähle.

Aber was ich sagen wollte, ist, daß ich mich nicht so sehr geändert habe, wie Ihr glaubt. Ich bin müde. Möge mir jeder von Euch verzeihen, daß ich ihm nicht besonders schreibe.

Ich umarme Euch alle sehr innig.

An Rivière — Aubiet, 9. September 1911

Ich bin in Aubiet, zwanzig Kilometer von Auch, in einer Ortschaft, die Puycasquier ähnlich sieht. Diesmal bin ich nicht in dem Fremdenzimmer des Schneiders untertergebracht, sondern in einem dürftigen Raum bei dem ehemaligen Briefträger. Von diesem hochgelegenen Raum sehe ich weit ins Land hinaus, und in der Straße gegenüber durch die Öffnungen des Glockenturms die große Glocke mit ihren beiden Schwengeln und ihrem komplizierten Werk.

Ich schreibe Euch, von Einsamkeit umgeben, ›an diesen düsteren und verblichenen Tagen‹. Ich bin voller Qual und Langerweile. Etwas ist mir versagt, ohne das ich nicht leben kann. An jeder Wendung der Straße und in jedem Quartier finde ich mein getreues Leid wieder. Es ist noch das gleiche wie vor zwei Jahren und vor sechs Jahren. Aber es hat sich neuerdings um eine fleischliche Seelennot vermehrt, die ich bisher nicht gekannt habe.

Neulich bin ich, zwischen zwei Zügen, in Lourdes bis zur Kathedrale vorgedrungen. Als wäre ich ins Bahnhofsrestaurant gegangen, zum Zeitvertreib. Ich nahm eine bummelige und verstaubte Straßenbahn, die wie ein Haufen Alteisen klang. Ich fühlte mich nichtiger und verworfener als ein Geschäftsreisender. Beim Aussteigen drang mir bereits das Stimmengemurmel entgegen, und sofort packte mich wieder der Zauber, sogleich wieder fühlte ich mich bis zu Tränen überwältigt. Es war die Stunde der Segensspendung, die riesige Prozession setzte sich in Bewegung, man reihte die zuletzt gekommenen Kranken ein. Ich stieg zum Geländer hinauf, in praller Sonne, drängte mich unter die Priester und die Menschen, die nach Hering stanken, und ich mußte mir unaufhörlich die tränennassen Augen wischen. Es geht eine Gewalt davon aus, die mir unbegreiflich ist. Vielleicht ist es die Versammlung so vieler Seelen, denen ständig die Jungfrau erschienen ist ... Mitten auf dem großen leeren Platz fuchtelte ein rührender Priester herum und rief: ›Dieses Mal werden all unsere Kranken geheilt!‹, und die tausendköpfige Menge wiederholte: ›All unsere Kranken werden geheilt.‹ Ich hätte fast meinen Zug versäumt, so lange wartete ich, ob sich nicht einer erheben würde.

Eines Abends kam in Mirande ein hochgewachsener Geistlicher mit festen Schuhen, Stock und Rucksack die Straße entlang. Es wurde schon Nacht. Er marschierte kräftig drauflos. Einer sagte: ›Der geht nach Lourdes.‹

Für Jacques und Isabelle Encausse, 13. Sept. 1911

Die Mittagsstunde ist vorüber. Die Hitze ist furchtbar. Die leichte Brise lüftet einen Zipfel der Leinengardine. Große weiße Wolken steigen am Horizont empor, so wie vor nunmehr drei Jahren im Lager von Mailly oder im Stroh eines Wagenschuppens, dreißig Kilometer vor Fère-Champenoise, an diesem Himmelfahrtstag ein heftiger Wind blies.

Tauben fliegen mit schepperndem Flügelschlag zum Dach des Gutshauses auf. Weiter weg in einem anderen Gebäude gackert eine Henne. Und noch weiter weg, in großer Ferne, verdorrte Abhänge. – Trostlosigkeit ohne Grenzen ... Irgendwo an einem Küstenstreifen in der Nähe von Quiberon sitzt eine junge Frau und blickt nachdenklich auf das Meer hinaus ... Mein Schmerz – schließlich und endlich immer der gleiche – ist für alle anderen langweilig und für mich fruchtlos.

Und das ist meine Liebe.

Ihr werdet dies bitte zerreißen und nicht mehr daran denken. Denkt nur an meine so überaus tiefe und selbstverständliche Zuneigung für Euch.

Aber gerade eben sagte ich mir, daß kein Mensch auf der Welt so ausgestoßen ist wie ich. Ich bleibe dabei, ich gehöre nicht hierher. Eben war ich im Stall. Hinter der Boxenwand blickte mir durch die Querstangen ein gewaltiger langgestreckter Kopf entgegen, mit riesigen Augen und die Ohren gespitzt. Ich streichelte dem Pferd die Nüstern, und es schien ihm angenehm zu sein. Aber ich dachte daran, daß es mir ebenso schwer ist wie ihm, mich auf dieser Welt verständlich zu machen.

Und darum fällt es mir auch schwer, einen sehr klaren Stil zu schreiben.

Ich umarme Euch.

An Rivière — Cadours, 16. September 1911

... Gestern früh erhielt ich von Péguy die folgenden interessanten Zeilen vom 8. September:

›Soeben beendete ich die Lektüre Ihres ‚Portrait'. Sie haben eine große Zukunft vor sich, Fournier. Sie werden sich daran erinnern, daß ich Ihnen das gesagt habe. Ich bin Ihr herzlich ergebener Péguy.‹

An Rivière — La Chapelle d'Angillon, 2. September 1912. Nachts.

Diesmal wird mein Buch am 1. Oktober fertig. Ich habe mich neulich entschlossen, alles liegen zu lassen, um den Plan der letzten Kapitel bis in die geringsten

Einzelheiten zu beenden. Und jetzt ist es soweit. Gelingt es mir, diesem Plan mit all dem Eifer zu folgen, den ich mir vorgenommen habe, dann wird es verdammt gut. Jetzt habe ich noch etwa zehn Kapitel fertigzustellen, aber wenn alles klappt, bin ich imstande, täglich ein Kapitel zu schaffen.

Ich mache nichts gut, nichts gelingt mir als das, was ich gegen mich selber erreiche, als Reaktion gegen meine liebsten Neigungen, indem ich meinen liebsten Abhang wieder hinaufklimme.

Es ist klar, daß alles, was bis auf die letzten Kapitel in Dickens' ›Our Mutual Friend‹ passiert, völlig in Ordnung war. Und dann erklärt Dickens plötzlich aus Trägheit: ›Eben nicht, sie haben alle nur Komödie gespielt!‹ Aber im Vorhergehenden gibt es so schöne Dinge, daß man trotz Dickens nicht glauben will, es könne alles nur Komödie gewesen sein!

Sonnabend abend hatte ich auf dem Haussteg eine Unterhaltung mit dem alten Barré, dem ein Auge fehlt, das andere ist blutunterlaufen, und der den ganzen Tag lang einen Rausch von durchschnittlich fünfzehn Litern Wein ausschläft. Ich erklärte ihm auf seine Frage, daß mein Vater mit einer Schulexpedition nach der Hauptstadt gereist sei. Darauf wackelte er mit dem Kopf und sagte: ›Ach, lieber Himmel, was für'n Mann! Was für'n Mann!‹, wobei er vor Begeisterung in Tränen ausbrach.

Hinzufügung zu Jacques' Sündenregister, das sowieso schon sehr groß ist:

Die kleine Straße am Ufer der Loire, die er durchaus schon hinter Pouilly aufgeben wollte, unter dem Vorwand, sie laufe mit der Hauptstraße zusammen, ging als Bergstraße weiter, und zwar großartiger als je zuvor. Mehrere Personen hier bestätigten mir diesen Hinweis. Übrigens konnten wir der kleinen Straße auf der Ebene bis nach Nevers folgen, ohne all die Anhöhen der Hauptstraße mitnehmen zu müssen.

Ich träume oft von Jacqeline.

Und ich denke oft an Euch alle.

An René Bichet Paris, 2. November 1912

... Nein, junger Mann, nein. Der einzig schwere Vorwurf, den ich Dir zu machen habe, schon immer – und Du hast in dieser Hinsicht seit einem Jahre schon große Fortschritte gemacht – besteht – wie soll ich es nennen? – in einem gewissen Mangel an Glauben, einem gewissen Geiz des Herzens, einer gewissen Schwäche des Arms ... was dazu führt, daß Du nicht in genügendem Maße der ›Grand Meaulnes‹ des ersten Teils bist – ein Bursche, bei dem alles möglich ist, der an sich selber glaubt, und wenn man mit ihm einen Weg entlanggeht oder über eine Straße, dann fühlt man, daß alles möglich wird und daß er einem vielleicht im nächsten Augenblick, bei der ersten Wendung des Weges, lächelnd das ›Schöne Verlorene Besitztum‹ zeigen wird, das man niemals erblickt hat, außer im Traum.

Alles ist möglich, junger Mann. Und Du darfst Dich nicht zurückziehen oder ein geniertes Lächeln aufsetzen, wenn man Dir das sagt.

Es muß auch zu meinen Lasten gesagt werden, wenn

ich immer selbst dieser Bursche wäre, dann hätte ich nicht nötig, daß ein anderer es an meiner Stelle ist. Ich habe also auch Schuld, und die Vorwürfe, die ich Dir mache, sind vor allem an das ungeschickte Paar gerichtet, das wir beide während der vergangenen Jahre um elf Uhr abends auf dem Boulevard Saint-Michel darzustellen pflegten. Aber das letzte Mal hingegen machte es mir Freude, Dir Hoffnungen anzuvertrauen, Dinge ... Hoffnungen, die sich nicht im Augenblick, wo ich sie Dir anvertraute, schon wieder verflüchteten.

Um zum Schluß zu kommen und zur Entschädigung, vernimm hier die Wahrheit, die mich heute von Kopf zu Fuß und in jeder Bewegung erfüllt: Wir machen uns über zu viele Dinge Gedanken. Wir verschwenden zu viel kleine Traurigkeiten und kleine Sehnsüchte an kleine Liebesangelegenheiten, welche die Mühe nicht wert sind. Nur eins ist notwendig. Und weil es notwendig ist, ist es auch möglich.

Ich habe sieben Monate gebraucht, ehe ich mich entschloß, den Brief zu schreiben, den ich jetzt in der rechten Rocktasche trage und der noch vor Ende dieses Jahres abgeschickt werden wird! Wir sterben vor Schwäche, wir sterben daran, nichts zu wagen!

Heute nachmittag bin ich beim Hochzeitstag des ›Grand Meaulnes‹. ›Ein schöner frostklarer Donnerstagnachmittag, an dem ein starker Wind weht ...‹ Der große Tolpatsch entflieht beim Einbruch der Nacht, und man holt ihn zurück; ein zweites Mal tags drauf vor Tagesanbruch, diesmal gelingt es ihm. Ich habe noch drei Kapitel zu schreiben, eins in der Mitte und zwei am Schluß.

Ich habe darauf verzichtet, den Roman vor Verteilung des Goncourt-Preises in Buchform herauszubringen. Der Goncourt-Preis macht es einem unmöglich, jemals von jenen wunderbaren unbekannten Menschen geliebt zu werden, von denen man geliebt werden möchte. Ich würde ihn nur aus dem einen Grund haben wollen, um meine Fratze in den Zeitungen zu sehen. Und ich würde meine Fratze gerne in den Zeitungen sehen ...

Aber das zu erklären, würde zu lange dauern.

An Rivière

La Capelle-Livron,
Dienstag, 22. April 1913

Mein lieber Jacques,

Ein Auftrag:

Geh zu ›L'Opinion‹ und verlange ›Le Grand Meaulnes‹ von Massis zurück*.

Bring ihn zu Copeau, er soll ihn lesen, mir mitteilen, ob er ihn für die Revue annimmt, und mir einen Preis vorschlagen.

Unternimm dies nur, falls Du der Meinung bist, wenn ich zurück bin, würde es für eine Veröffentlichung im Juni zu spät sein.

Schon über fünf Tage in diesem elenden Loch von einem mittelalterlichen Dorf. Während der ersten Tage habe ich mich gräßlich gelangweilt. Ich war wie ein Hund, den man plötzlich in einen Wandschrank eingeschlossen hätte. – Es ist richtig, für mich gilt nur die Gegenwart. Ich merke, ich habe oft Torheiten begangen für etwas, das ich noch am selben Tage haben wollte, während es mir für den nächsten Tag zugesagt war. Ich kann mich nicht begnügen. Ich werde nie ein guter Christ sein.

* Die Redaktion von ›L'Opinion‹ hatte den Abdruck abgelehnt.

Dennoch stieg eine starke Freudenwelle in mir auf bei dem Gedanken, daß ich mich auch an dieses genügsame, dürre, elende, langweilige Mönchsleben in ewigem Regen gewöhnen könnte.

Unter den sechs Offizieren, die mit mir in der niedrigen Küche hinter dem Tor mit dem hölzernen Türflügel essen, ist ein sympathischer. Ein hochgewachsener verheirateter Leutnant, sehr höflich, der in Marokko gedient hat.

Stellt Euch vor, in den vierzehn Tagen, die wir hier sind, konnte ich kein Buch aufschlagen, oft hinderte uns der Regen daran, draußen zu exerzieren, mein Bett ist so hoch, mein Nachttisch so niedrig, und meine Lampe raucht so, daß ich auch im Bett nicht lesen kann, sondern sofort einschlafe.

Das elende Kriegsleben hat mir alles in allem erst ein schönes Erlebnis gebracht. Es war der Mitternachtsaufbruch per Bahn von Mirande. Die vorangegangenen Stunden des Schlafes. Das Wecken mitten in der Nacht. Die Feldausrüstung, der aufgerollte Mantel, der klappernde Säbel, der letzte Rundblick in meinem Zimmer, ganz allein, um zu sehen, ob ich nichts vergessen habe, dann das Heruntergehen auf die Straße und der Aufbruch wie in den Krieg. Ich sehe mich noch ganz zusammengekrümmt in meinem Cape auf der Holzbank eines Abteils, wie wir in eisiger Kälte in den ersten Morgenstunden durch das elende Tal von L'Aveyron fuhren.

Diese nächtlichen Aufbrüche erregen – ebenso wie die beim Morgengrauen – ein geheimnisvolles Gefühl in mir. Es ist, als spräche in diesen Stunden irgend etwas Unbekanntes, irgendeine mystische Welt zu meinem Herzen.

Ich bin immer noch verdammt kräftig und widerstandsfähig und jung. Aber immerhin ein bißchen langsamer, weniger bereit, gleich aufzuspringen.

Hier gibt es nur eine Annehmlichkeit; sie besteht darin, daß wir hier, zum großen Vergnügen derer, die ihn nicht kannten, drei Offiziere sind, die Hauptmann Matharan wohl gekannt haben; wir erzählen unaufhörlich Geschichten von ihm. Du erinnerst Dich, Hauptmann Matharan, der Sonderling und Trunkenbold. Er ist als Bekleidungsoffizier nach Marokko versetzt worden, und seine Frau (er hat wieder geheiratet) hat ihn so ziemlich vom Trunk geheilt. Aber all diese Geschichten zeigen ihn als eine Figur von so kräftiger Färbung, daß ich nicht weiß, ob er nicht vielleicht in meiner tragischen Novelle Platz finden könnte. Übrigens drängt ›Colombe Blanchet‹* mich jetzt stärker.

Gestern habe ich eine ganze ausgeschwärmte Kompanie in bleierner Sonnenglut bei Schießübungen auf sehr entfernte Ziele und mit scharfer Munition kommandiert. Beim zweiten Kommando lief mir der Schweiß das Gesicht herunter. Krachen, Pulver, Gefahr. Es war großartig. Mir war wirklich zumute, als befehligte ich etwas.

Wie geht es Mütterchen Jacqueline? Und Mütterchen Isabelle? Die Zeit wird mir lang, lang, lang. Schreibt mir bis zum 26. nach Saint-Projet. Vom 26. bis 1. nach Mirande. – Vom 1. bis 3. bei Marc Rivière, in Rochefort.

Ich umarme Euch alle, meine Brüder.

* Titel des Romans, den Alain-Fournier nach dem ›Grand Meaulnes‹ zu schreiben begonnen hatte.

An Isabelle — Mirande, 25. April 1913
Freitag früh, 6 Uhr

In Eile, vor dem Aufbruch in ein großes Manöver.

Sage meinen Eltern, sie möchten keine Papiere oder Schreibmaschinentexte fortgeben, die sich Rue Cassini befinden. Von den beiden einzigen korrigierten Texten ist einer bei ›L'Opinion‹, der andere in meinem Koffer. Ich habe ihn mit, um kleine Änderungen vorzunehmen.

Andererseits wollen Emile-Paul, Péguy und Julien Benda gemeinsam etwas unternehmen, um Descaves in den ›Grand Meaulnes‹ verliebt zu machen und auf diese Art den Prix Goncourt für ihn zu ergattern. Ich setze keine Hoffnung darauf. Aber es zwingt mich, meinen Roman nur der Zeitschrift (der ›Nouvelle Revue Française‹), nicht aber dem Verlag anzubieten. Dies nur für Euch. Sagt Copeau, Gallimard oder auch sonst niemandem davon.

Ich habe Jacques' Brief erhalten. Dank. Richte meinen Auftrag, wenn Du kannst, trotzdem am Sonnabend aus. Geht es nicht, so lassen wir es.

Ich umarme Dich und Deine Jacqueline.

In großer Hast.

An Rivière — 2. Mai 1913, Rochefort,
halb drei Uhr nachmittags

... Ich verlange weder den Preis noch Geld, ich möchte nur, daß der ›Grand Meaulnes‹ gelesen wird.

Nun zu etwas anderem. Ich hatte es Dir nicht sagen

wollen; aber nun vertraue ich es Dir doch an als Beweis, daß meine Freundschaft zu Dir unverändert ist:

Ich hatte gestern ein Gespräch mit der Schwester von Yvonne de Galais. Ich weiß jetzt, daß die junge Frau zwei kleine Kinder hat. Ich war den ganzen Abend auf meinem Zimmer in Tränen aufgelöst.

Ich weine noch jetzt, während ich es Dir mitteile.

Ich leide entsetzlich. Unter meinem Fenster breitet sich der Hof eines Provinzhauses in der Sonne. Eine Frau näht vor dem Haustor unter einer Glyzinie; es sieht grauenhaft friedlich aus. Jedesmal wenn sich der Stundenzeiger auf dem Zifferblatt des Kirchturms nebenan einmal im Kreise gedreht hat, frage ich mich, ob ich es ertragen kann, weiterzuleben.

Ich denke die ganze Zeit an einen Satz von Claudel: ›O Gattin kurzer Momente, wie bist du so nah und so drängend!‹

Vorhin hat Marc mich in den Seziersaal im Krankenhaus mitgenommen. Ich sah die Leichen von Mördern und von syphilitischen Greisinnen. Einer, der sich im Zuchthaus umgebracht hatte. Auf dem Fleisch des pergamentartigen Arms, das sich wie ein Blatt ablösen ließ, konnte man lesen: ›Châlons m'a vu naître, Cayenne me verra disparaître, Châlons, mon berceau, Cayenne, mon tombeau.‹ – Sein Kopf war schwarz und ausgehöhlt. Ein noch ganz frischer Frauenfuß, leicht deformiert vom Schuhetragen. All das war dabei so abscheulich, so weit allem menschlichen Leben entrückt, daß ich mich beinahe etwas erleichtert fühlte. Es gibt eine Flamme, eine Blüte des Lebens, die auf geheimnisvolle Art woanders lebt.

Ich will nicht bedauert werden. Ich habe keine unglückliche Liebe, habe sie nie gehabt. Noch heute nach acht Jahren und bei all meinem Schmerz überwältigt mich der Gedanke, was Yvonne de Galais mir gegeben hat. Das Schicksal war gegen uns, das ist alles. Alles, was ich mir über ihre Reinheit und Vornehmheit vorgestellt hatte, alles, was ich mir über die Frau zurechtlegte, die ich so wenig kannte, all das entspricht ja der Wirklichkeit! Ich war ihr in der hochgestimmten Periode meiner Bekanntschaft mit Francis Jammes begegnet. Und das erste, was ihre Schwester gestern erwähnte, war sein ›Angélus‹.

Gestern war der achte Jahrestag meiner Begegnung mit Yvonne de Galais. Und gestern, zur selben Stunde, da sie damals aus dem ›Grand Palais‹ heraustrat, sprach ich mit ihrer Schwester.

So furchtbar es ist, ich muß zugeben, daß ich trotzdem nicht völlig verzweifelt bin. Ich kann nicht glauben, daß Gott mir soviel gezeigt, soviel versprochen hat und daß er mir nichts geben wird – auf dieser Welt, oder – freilich! – in jener anderen.

Eines nur hat mich gestern gerettet, und das ist mein völliger Mangel an Wirklichkeitssinn.

Ich bin entzückt nicht so sehr vom Stadtrand von Rochefort als von der Umgebung, von Saintes an. Eine riesige Ebene großer und kleiner Weiden, alle von Hecken umschlossen; schmale gewundene Pfade, breite grasbewachsene Fahrwege, und dazwischen plötzlich herrliche baumbestandene Allen, die nirgendwohin führen und in ein blumenbesätes Weideland verlaufen. Landschaft ständiger Entdeckung und ständigen Spiels, wo man nicht zu fürchten braucht, bestelltes Land zu beschädigen.

Du schiebst mit der Hand die Zweige einer Hecke zur Seite, dann einer anderen. Wird sich Dir ein Bauernhof entdecken, eine Schafhürde, oder vielleicht wieder eine Wiese oder gar der Fluß, der schweigend durch das Wiesenland dahinzieht? Und dort, über der anderen Hecke, gleitet geheimnisvoll das rote Doppelsegel eines Kahns vorüber.

Alles ist möglich in dieser Landschaft. Alles kann man in ihr entdecken. So habe ich mir als Kind die meine vorgestellt.

Wenn ich es hier nicht länger aushalten kann und nichts mehr zu tun habe, fahre ich vielleicht Sonntag zurück.

Marc, den ich gern hätte trösten mögen und der mir ein wunderbarer kleiner Bruder war, ist auch in einem entsetzlichen Zustand. Er hat heute vormittag einen sehr großen Kummer gehabt. Isabelle soll uns beiden schreiben. Wie ich zu sagen pflege: Es steht sehr schlimm. Es steht sehr schlimm.

Ich erwarte für Sonntag morgen einen Brief von Isabelle (und von Dir).

Ich umarme Dich, alter Freund.

Sonnabend, den 3. Mai 1913

Es geht mir etwas besser. Zwei Stunden, nachdem ich Euch schrieb, war ich noch einmal mit J. de Q. zusammen und sprach lange zu ihr von ihrer Schwester! Marc war dabei und war ganz baff über soviel Kühnheit und Geschick. Ich erhielt auch ihre Adresse in Toulon und wertvolle Aufschlüsse.

Noch bevor vier Tage vergangen sind, wird Yvonne

de Galais wissen, daß ich mit ihrer Schwester über sie gesprochen habe und daß ich vorhabe, ihr mein Buch zu schicken. Gestern, in der Stunde der Gefahr, bewahrte ich eine geradezu unwahrscheinliche Ruhe, Kälte und Unbefangenheit. Aber sobald ich heute wieder an alles denke, beginnen meine Nerven herumzutanzen.

Es geht mir etwas besser.

Ich werde nicht zu der Sonntagsmatinee gehen, zu der Marc mich einladen ließ. Ich werde morgen, Sonntag, gegen zehn Uhr hier abfahren und um zwölf Uhr dreißig mit dem Schnellzug in Paris-Montparnasse eintreffen. Wir hatten nur beschlossen, daß ich mit Marc zu dieser Matinee gehen sollte, falls ich nicht vorher mit J. de Q. hätte sprechen können.

Gewisse ganz unbestimmte Indizien, die außerordentliche Bereitwilligkeit, mit der sie mir Auskunft erteilte, vor allem aber, die ungewöhnliche Selbstverständlichkeit, mit der sie sich auf ein Gespräch mit mir einließ, haben Marc auf die Vermutung gebracht, das junge Mädchen sei im Bilde. Aber sie kann kaum dreizehn Jahre alt gewesen sein, als ich ihre Schwester kannte.

Sie wohnten als Kinder auf dem Boulevard de la Tour-Maubourg. Sie besuchten das Pensionat vom Herzen Jesu, Boulevard des Invalides.

Aber was bedeuten Euch schon all diese Einzelheiten, die mich völlig überwältigen.

Heute nachmittag gehe ich ins Arsenal.

Wenn ich Benda und S. bestimmt dazu bringen kann, mein Opus Descaves anzubieten, dabei aber einen anderen Verleger im Auge zu haben als Emile-Paul, dann gebe ich es der N. R. F. Aber ich möchte, daß die Veröffentlichung am 1. Juni beginnt. Das ist – abgesehen davon, zusammen mit Dir zu erscheinen – der einzige Vorteil, den ich bei ihnen haben werde. Und er ist gewaltig für mich. Die Inhaltsangabe ist doch sicher schon aufgehalten?

Meaulnes' Tagebuch muß entschieden einen sehr erschütternden Abschluß haben. Es wird der verzweifelte Brief sein, den er immer bei sich trägt und schließlich zerreißt. Ich brauche Dir nicht zu sagen, daß es diesen Brief gibt. Ich werde ihn entsprechend abändern. Und das ist alles.

Ich umarme Euch innig, meine drei Kleinen.

An Rivière Rochefort, 5. Mai 1913

Das ist das richtige Verständnis. Alles was Ihr über meine Liebe sagt, ist genau das, was gesagt werden mußte: ›Dein Unglück ist größer als wir alle, Gott hat es Dir gesandt, weder wir können Dich davon erlösen noch sonst irgend jemand, solange Gott es nicht will.‹

Den ganzen Tag über bin ich heute davor geflohen, und nun ist es jetzt am Abend wieder bei mir, wie ein großer furchtbarer Engel.

Als ich Euch neulich schrieb: ›... meine Nerven beginnen herumzutanzen‹, wollte ich eigentlich hinzufügen: ›Das ekle Fleisch schaudert ...‹ Ich fürchtete, übertrieben zu erscheinen. Aber es ist tatsächlich so: Ich stehe vor einem Erlebnis wie ein Sünder vor einem gewaltigen Mysterium, das ihn erstickt und das er kaum begreift.

Jeden Abend und jeden Morgen bete ich für meine Liebe. Einige meiner Gebete wurden bereits erhört.

Wenn ich beichten würde, brauchte ich nicht von ihr zu sprechen, so vollkommen ist sie.

Ich liebe Euch beide von Herzen. Ich werde alles tun, was ich kann, um in der N. R. F. gedruckt zu werden, damit Jaques zufrieden ist; sein Brief beunruhigt mich sehr.

Ich umarme Euch alle beide.

An Rivière Trie-la-Ville, 12. Juli 1913

Mein alter unerträglicher Geselle,

Ich habe furchtbar auf Dich geschimpft, weil ich alle Bücher vorfand, die ich nicht brauche – nur nicht den ›Robinson‹, aber ich fand ihn, als ich hinunterging; ich verlor zehn Minuten mit dem Herumwühlen in meinen Paketen und hätte beinahe den Zug verpaßt.

Ich las neulich zufällig wieder Briefe von Dir aus dem Jahre 1907. Du schriebst: ›Mir blieb heute vormittag das Herz stehen; beim Exerzieren fiel mir ein Student auf; ich war ganz überzeugt, daß Du es wärst, dieselbe Größe, derselbe Chic – und dann ging ich näher; er trug eine Brille, und ich glaube, er war häßlich . . .‹

Ich möchte Dir auch noch sagen: Das Glück ist eine furchtbar schwer zu ertragende Sache. Vor allem, wenn dies Glück nicht dasjenige ist, für das man sein ganzes Leben eingerichtet hatte. Weiter habe ich Dir nichts zu sagen.

Heute nachmittag ging ich zum ersten Mal gegen Abend in der Landschaft spazieren. Mit allen Poren atmete ich die Luft ein und den Duft und die Kühle, die süßer ist als alle Wohlgerüche des Orients.

Jetzt – es ist neun Uhr abends – sitze ich im kleinen Salon. C. spielt Klavier. S. liegt im Dunkeln auf dem breiten Diwan. Sie fragte mich, an wen ich schreibe, und bat mich, meiner Schwester viele Grüße zu bestellen.

Ich denke heute abend von Zeit zu Zeit intensiv an Euch drei. Ich denke mir, hätte mein Schicksal sich nicht seit einiger Zeit gewendet, so wäre ich dort bei Euch. Ich höre nicht auf, Euch alle drei immer gleich innig zu lieben.

Ich erwarte die Korrekturbogen für den ›Grand Meaulnes‹

An Isabelle (Postkarte), 28. August 1914

Hier meine Adresse ne varietur: Leutnant, 23. Kompanie, 288. Infanterieregiment, via Mirande (Gers). Schreibe mir. Wir dürfen weiter nichts zur Post geben als diese unverschlossenen Pappkarten. Wir haben uns viel herumgetrieben, sind lange marschiert. Jetzt kommen wir in die Nähe. Man kann schon in weiter Ferne das Geschützfeuer hören. Glücklich die reifen Ähren ... wie Péguy sagt. – Ich gebe es Dir als Auftrag, Dich, falls mir etwas passieren sollte, in die Rue Cassini zu begeben, meinen Koffer und meine Bibliothek durchzugehen, alles zu verbrennen, was nicht X. betrifft, und ihr das übrige zuzustellen. Ich rechne hierbei unbedingt auf Dich. Ich werde übrigens noch einmal darauf zurückkommen, denn es dauert noch einige Zeit, bis wir eingesetzt werden, denke ich. Ich umarme meine beiden Jacquinen immer wieder.

Henri

Bei Kriegsausbruch, im August 1914, waren Alain-Fournier und Jacques Rivière zum Heer eingerückt.

Jacques Rivière geriet schon am 24. August in Gefangenschaft. Er war in Deutschland im Gefangenenlager Königsbrück interniert.

Alain-Fournier wurde seit dem 22. September in der Marneschlacht vermißt; nach Berichten von Kameraden ist er im Walde von Saint-Rémy durch Kopfschuß gefallen. Trotz aller Bemühungen seiner Angehörigen war Bestimmtes über die näheren Umstände seines Todes und über den Ort seines Grabes nicht in Erfahrung zu bringen.

INHALT

Bibliothek Suhrkamp

Verzeichnis der letzten Nummern

986 Robert Walser, Poetenleben
987 René Crevel, Der schwierige Tod
988 Scholem-Alejchem, Eine Hochzeit ohne Musikanten
989 Erica Pedretti, Valerie
990 Samuel Joseph Agnon, Der Verstoßene
991 Janet Frame, Wenn Eulen schrein
992 Paul Valéry, Gedichte
995 Patrick Modiano, Eine Jugend
997 Thomas Bernhard, Heldenplatz
998 Hans Blumenberg, Matthäuspassion
999 Julio Cortázar, Der Verfolger
1000 Samuel Beckett, Mehr Prügel als Flügel
1001 Peter Handke, Die Wiederholung
1002 Else Lasker-Schüler, Arthur Aronymus
1003 Heimito von Doderer, Die erleuchteten Fenster
1004 Hans-Georg Gadamer, Das Erbe Europas
1005 Hans Jonas, Das Prinzip Verantwortung
1007 Juan Carlos Onetti, Der Schacht
1008 E. M. Cioran, Auf den Gipfeln der Verzweiflung
1009 Marina Zwetajewa, Ein gefangener Geist
1012 Hermann Broch, Die Schuldlosen
1013 Benito Pérez Galdós, Tristana
1014 Conrad Aiken, Fremder Mond
1015 Max Frisch, Tagebuch 1966–1971
1016 Catherine Colomb, Zeit der Engel
1017 Georges Dumézil, Der schwarze Mönch in Varennes
1018 Peter Huchel, Gedichte
1019 Gesualdo Bufalino, Das Pesthaus
1020 Konstantinos Kavafis, Um zu bleiben
1021 André du Bouchet, Vakante Glut / Dans la chaleur vacante
1022 Rainer Maria Rilke, Briefe an einen jungen Dichter
1023 René Char, Lob einer Verdächtigen / Eloge d'une Soupconnée
1024 Cees Nooteboom, Ein Lied von Schein und Sein
1025 Gerhart Hauptmann, Das Meerwunder
1026 Juan Benet, Ein Grabmal / Numa
1027 Samuel Beckett, Der Verwaiser / Le dépeupleur / The Lost Ones
1028 Ulrich Plenzdorf, Die neuen Leiden des jungen W.
1029 Bernard Shaw, Die Abenteuer des schwarzen Mädchens auf der Suche nach Gott
1030 Francis Ponge, Texte zur Kunst
1031 Tankred Dorst, Klaras Mutter
1032 Robert Graves, Das kühle Netz / The Cool Web
1033 Alain Robbe-Grillet, Die Radiergummis
1034 Robert Musil, Vereinigungen
1035 Virgilio Piñera, Kleine Manöver

1036 Kazimierz Brandys, Die Art zu leben
1037 Karl Krolow, Meine Gedichte
1038 Leonid Andrejew, Die sieben Gehenkten
1039 Volker Braun, Der Stoff zum Leben 1-3
1040 Samuel Beckett, Warten auf Godot
1041 Alejo Carpentier, Die Hetzjagd
1042 Nicolas Born, Gedichte
1043 Maurice Blanchot, Das Todesurteil
1044 D. H. Lawrence, Der Mann, der Inseln liebte
1045 Jurek Becker, Der Boxer
1046 E. M. Cioran, Das Buch der Täuschungen
1047 Federico García Lorca, Diwan des Tamarit / Diván
1048 Friederike Mayröcker, Das Herzzerreißende der Dinge
1049 Pedro Salinas, Gedichte / Poemas
1050 Jürg Federspiel, Museum des Hasses
1051 Silvina Ocampo, Die Furie
1052 Alexander Blok, Gedichte
1053 Raymond Queneau, Stilübungen
1054 Dolf Sternberger, Figuren der Fabel
1055 Gertrude Stein, Q. E. D.
1056 Mercè Rodoreda, Aloma
1057 Marina Zwetajewa, Phoenix
1058 Thomas Bernhard, In der Höhe, Rettungsversuch, Unsinn
1059 Jorge Ibargüengoitia, Die toten Frauen
1060 Henry de Montherlant, Moustique
1061 Carlo Emilio Gadda, An einen brüderlichen Freund
1062 Karl Kraus, Pro domo et mundo
1063 Sandor Weöres, Der von Ungern
1064 Ernst Penzoldt, Der arme Chatterton
1065 Giorgos Seferis, Alles voller Götter
1066 Horst Krüger, Das zerbrochene Haus
1067 Alain, Die Kunst sich und andere zu erkennen
1068 Rainer Maria Rilke, Bücher Theater Kunst
1069 Claude Ollier, Bildstörung
1070 Jörg Steiner, Schnee bis in die Niederungen
1071 Norbert Elias, Mozart
1072 Louis Aragon, Libertinage
1073 Gabriele d'Annunzio, Der Kamerad mit den wimpernlosen Augen
1075 Max Frisch, Biedermann und die Brandstifter
1076 Willy Kyrklund, Vom Guten
1077 Jannis Ritsos, Gedichte
1079 Max Dauthendey, Lingam
1080 Alexej Remisow, Gang auf Simsen
1082 Octavio Paz, Adler oder Sonne?
1083 René Crevel, Seid ihr verrückt?
1084 Robert Pinget, Passacaglia
1085 Wolfgang Koeppen, Eine unglückliche Liebe
1086 Mario Vargas Llosa, Lob der Stiefmutter
1087 Marguerite Duras, Im Sommer abends um halb elf
1088 Joseph Conrad, Herz der Finsternis

1090 Czesław Miłosz, Gedichte
1091 Karl Kraus, Die letzten Tage der Menschheit
1092 Jean Giono, Der Deserteur
1093 Michel Butor, Die Wörter in der Malerei
1095 Max Frisch, Fragebogen
1096 Carlo Emilio Gadda, La Meccanica
1097 Bohumil Hrabal, Die Katze Autitschko
1098 Hans Mayer, Frisch und Dürrenmatt
1099 Isabel Allende, Eine Rache und andere Geschichten
1100 Wolfgang Hildesheimer, Mitteilungen an Max
1101 Paul Valéry, Über Mallarmé
1102 Marie Nimier, Die Giraffe
1103 Gennadij Ajgi, Beginn der Lichtung
1104 Jorge Ibargüengoitia, Augustblitze
1105 Silvio D'Arzo, Des andern Haus
1106 Werner Koch, Altes Kloster
1107 Gesualdo Bufalino, Der Ingenieur von Babel
1108 Manuel Puig, Der Kuß der Spinnenfrau
1109 Marieluise Fleißer, Das Mädchen Yella
1110 Raymond Queneau, Ein strenger Winter
1111 Gershom Scholem, Judaica 5
1112 Jürgen Becker, Beispielweise am Wannsee
1113 Eduardo Mendoza, Das Geheimnis der verhexten Krypta
1114 Wolfgang Hildesheimer, Paradies der falschen Vögel
1115 Guillaume Apollinaire, Die sitzende Frau
1116 Paul Nizon, Canto
1117 Guido Morselli, Dissipatio humani generis
1118 Karl Kraus, Nachts
1119 Juan Carlos Onetti, Der Tod und das Mädchen
1120 Thomas Bernhard, Alte Meister
1121 Willem Elsschot, Villa des Roses
1122 Juan Goytisolo, Landschaften nach der Schlacht
1123 Sascha Sokolow, Die Schule der Dummen
1124 Bohumil Hrabal, Leben ohne Smoking
1125 Peter Bichsel, Eigentlich möchte Frau Blum den Milchmann kennenlernen
1126 Guido Ceronetti, Teegedanken
1127 Adolf Muschg, Noch ein Wunsch
1128 Forugh Farrochsad, Jene Tage
1129 Julio Cortázar, Unzeiten
1130 Gesualdo Bufalino, Die Lügen der Nacht
1131 Richard Ellmann, Vier Dubliner - Wilde, Yeats, Joyce und Beckett
1132 Gerard Reve, Der vierte Mann
1134 Francis Ponge, Die Seife
1135 Hans-Georg Gadamer, Über die Verborgenheit der Gesundheit
1136 Wolfgang Hildesheimer, Mozart
1137 Max Frisch, Stich-Worte
1139 Bohumil Hrabal, Ich habe den englischen König bedient
1140 Stanisław Lem, Eine Minute der Menschheit
1141 Cees Nooteboom, Die folgende Geschichte

Bibliothek Suhrkamp

Alphabetisches Verzeichnis